## 寮日課表

AIZAWAGAKUEN

| 【日課】 | 【平日】 | 【休日】 |
|---|---|---|
| 起床 | 6：30 | |
| 清掃・洗面 | 6：35～7：10 | |
| 朝食 | 7：15～7：40 | 8：00～9：00 |
| 登校完了 | 8：05 | |
| 昼食 | | 12：00～13：00 |
| 入浴 | 17：30～ | |
| 夕食 | 18：00～ | |
| 門限 | 19：30 | |
| 学習時間 | （学習室）20：00～22：00 | 自主学習 |
| 点呼 | 22：30 | |
| 消灯 | 23：00（以降、学習の際は電気スタンド使用） | |

※毎週月曜　全体集会22：05～（集会室）

# お庭番デイズ 上

逢沢学園女子寮日記

有沢佳映

講談社

# お庭番デイズ

逢沢学園女子寮日記

上

装画／Yunosuke

装丁／岡本歌織（next door design）

# お庭番デイズ

～逢沢学園女子寮日記～（上）


一章

「悪あがきの二学期デビュー」

008

二章

「恋に落ちたら」

133

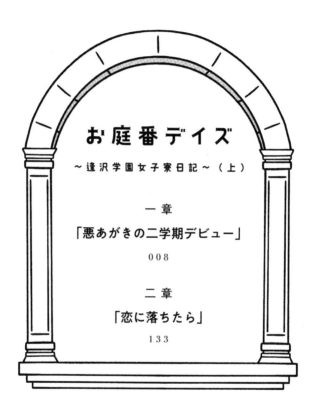

## 女 子 寮

### 1F

【居室6・管理室・寮監居室・談話室①・トイレ洗面洗濯室・面会室】

| 部屋 | 学年（組） | 名前 | 呼び名 | etc |
|---|---|---|---|---|
| 101 | 1年5組 | 戸田《とだ》 明日海《あすみ》 | アス | お調子者の太鼓持ち |
| | 1年2組 | 藤枝《ふじえだ》 侑名《ゆきな》 | 侑名《ゆきな》 | 美少女だけど中身は小学生男子・成績良い |
| | 1年7組 | 宮本《みやもと》 恭緒《たかお》 | 恭緒《たかお》 | ボーイッシュだけどおとなしい |
| 102 | 3年 | 田中《たなか》 唯香《ゆいか》 | ユイユイ | 三バカ・いつも楽しそう |
| | 3年 | 早野《はやの》 栞《しおり》 | しおりん | 三バカ・いつも楽しそう・舞妓になりたい |
| | 3年 | 小谷《こたに》 まなつ | マナティ | 三バカ・いつも楽しそう・潜水士になりたい |
| 103 | 4年6組 | 紺野《こんの》 衿子《れいこ》 | 紺《こん》ちゃん | しっかり者のイケメン王子・女子に人気 |
| | 4年2組 | 北浦《きたうら》 沙羅《さら》 | イライザ | 不機嫌姫・天然縦ロール・じつはやさしい |
| 104 | 5年 | 若旅《わかたび》 睦生《むつき》 | 睦《むつ》 | 腐女子・男子寮寮長の若旅公基は兄 |
| | 5年 | 成井《なるい》 るな | ナル | ナルシスト・アイドルマニア |
| 105 | 5年 | 望月《もちづき》 つぐみ | モッチー | 夜行性・昼間はだいたい寝てる |
| | 5年 | 谷沢《たにざわ》 実加《みか》 | ミカチュウ | バイト魔・宝田商店とパン屋でバイト中 |
| 106 | 6年 | 浅川《あさかわ》 乃亜《のあ》 | 乃亜《のあ》 | 記録者・寮日誌をつけてる |
| | 6年 | 森《もり》 可菜美《かなみ》 | かなみん | 小柄・童顔・座敷童みたい |

### 2F

【居室8・トイレ・洗面所・洗濯室】

| 部屋 | 学年（組） | 名前 | 呼び名 | etc |
|---|---|---|---|---|
| 201 | 1年7組 | 大内《おおうち》 杏奈《あんな》 | 杏奈《あんな》 | 気が強い・融通の利かない優等生・珠理と仲が悪い |
| | 1年6組 | 中西《なかにし》 珠理《じゅり》 | 珠理《じゅり》 | 気が強い・毒舌・杏奈と仲が悪い |
| | 1年3組 | 鰐淵《わにぶち》 美貴《みき》 | ブッチ | 太め・小心者・やさしい |
| 202 | 2年 | 中野《なかの》 彩香《あやか》 | ケミカル | 偏食・栄養剤マニア |
| | 2年 | 内野《うちの》 若菜《わかな》 | うちのん | さっぱりした性格の空気読める人 |
| | 2年4組 | 小倉《おぐら》 実優《みゆう》 | 実優《みゆう》 | わりと真面目な優等生 |
| 203 | 3年6組 | 木下《きのした》 彩良《さら》 | ララ | 双子の姉・映画製作に夢中 |
| | 3年 | 木下《きのした》 彩希《さき》 | キキ | 双子の妹・映画製作に夢中 |
| 204 | 4年5組 | 小谷《こたに》 水蓮《すいれん》 | 水蓮《すいれん》 | 寮で一番の常識人・次期寮長候補 |
| | 4年6組 | 広沢《ひろさわ》 楓《かえで》 | 楓《かえで》 | |

## 2 F

| 部屋 | 学年(組) | 名前 | 呼び名 | etc |
|---|---|---|---|---|
| 205 | 4年4組 | 竹内《たけうち》 萌奈《もな》 | モナたん | お笑い芸人志望、相方は3年の374 |
| | 4年2組 | 村井《むらい》 倫香《のりか》 | オフ子 | 一言多い失言クイーン |
| 206 | 5年 | 上野《うえの》 盟子《めいこ》 | 盟子《めいこ》 | 副寮長・クールビューティー |
| | 5年 | 帯津《おびつ》 未希《みき》 | オビちゃん | 留学中 |
| 207 | 5年 | | | |
| | 5年 | | | |
| 208 | 6年 | | | |
| | 6年 | | | |

## 3 F

【居室8・トイレ・居室8・副寮監居室・トイレ洗面所・洗濯室】

| 部屋 | 学年(組) | 名前 | 呼び名 | etc |
|---|---|---|---|---|
| 301 | 1年1組 | 田丸《たまる》 深雪《みゆき》 | 田丸《たまる》 | 大人っぽい人格者 |
| | 1年4組 | 向井《むかい》 翼《つばさ》 | 翼《つばさ》 | 人と目を合わさない・成績は一部優秀 |
| | 1年8組 | 中西《なかにし》 真央《まお》 | 真央《まお》 | 元気で明るい・子どもっぽい |
| 302 | 2年 | 沢井《さわい》 穂乃花《ほのか》 | 穂乃花《ほのか》 | 安定した常識人 |
| | 2年 | 後藤《ごとう》 小久良《さくら》 | 小久良《さくら》 | 作家志望 |
| | 2年 | 米田《よねだ》 捺希《なつき》 | ヨネ | しっかり者・ミカチュウ先輩を尊敬してる |
| 303 | 3年 | 黒崎《くろさき》 由多加《ゆたか》 | 由多《ゆた》 | アイドル好き・ノリと性格がいい |
| | 3年 | 島津《しまづ》 星未《ほしみ》 | 星未《ほしみ》 | レク神 |
| | 3年 | | | |
| 304 | 4年3組 | 池田《いけだ》 葵《あおい》 | トラベラー | 別名 時の旅人、タイムトラベラー・完璧な昭和ルック |
| | 4年1組 | 高橋《たかはし》 このか | このか | |
| 305 | 5年 | | | |
| | 5年 | | | |
| 306 | 5年 | 日野《ひの》 まさな | まさな | 霊感がある |
| | 5年 | レイコ | レイコ先輩 | 幽霊 |
| 307 | 6年 | | | |
| | 6年 | | | |
| 308 | 6年 | | | |
| | 6年 | | | |

**【居室7・集会室（兼 談話室②）・トイレ・洗面所・洗濯室・物置部屋】**

| 部屋 | 学年（組） | 名前 | 呼び名 | etc |
|---|---|---|---|---|
| **401** | 1年2組 | 和田《わだ》 桜《さくら》 | ワダサク | 元ヤン・義理人情に篤い・成績はわりと優秀 |
| | 1年8組 | 高山《たかやま》 涼花《りょうか》 | 涼花 | おとなしい・小学校時代いじめられていた |
| | 1年6組 | 山内《やまうち》 未来《みらい》 | ミライさん | 身長173cm・やせてる・おもしろいものが好き |
| **402** | 3年6組 | 中田《なかた》 実良《みら》 | タミラ | わりと冷めてる・じつはクオーター |
| | 3年 | 松本《まつもと》 美奈代《みなよ》 | 374 | モナたんのお笑いの相方・ふだんは地味 |
| | 3年 | | | |
| **403** | 4年7組 | 松井《まつい》 恵那《えな》 | 恵那 | いい人・寮で一番の美脚の持ち主 ☆家庭科部 |
| | 4年3組 | 浮田《うきた》 奈緒《なお》 | ウキ | 真面目な勉強家 |
| **404** | 5年 | 三宅《みやけ》 理予《りよ》 | | 彼氏と別れたって噂 |
| | 5年 | | | |
| **405** | 5年 | 都築《つづき》 芳野《よしの》 | 芳野 | 寮長・みんなが尊敬するやさしく頼れるリーダー☆美術部 |
| | 5年 | 鳥山《とりやま》 苑実《そのみ》 | 鳥ちゃん | 人を独自の呼び名で呼ぶ |
| **406** | 6年 | | | |
| | 6年 | | | |
| **407** | 6年 | | | |
| | 6年 | | | |

## 別棟

**地下**　【浴場・シャワー室・公衆電話・自販機・トイレ】

**1F**　【食堂・調理場】

**2F**　【学習室2・トイレ】

## 女子寮

- 寮監先生　63歳
- 副寮監先生　24歳
- ミルフィーユ先輩

## 男子寮

**1F**　【食堂・学習室・トイレ・洗面所・洗濯室・浴室・寮監個室】

**2F**　【居室4・学習室・談話室・荷物部屋・トイレ】

| 部屋 | 学年（組） | 名前 | 呼び名 | etc |
|---|---|---|---|---|
| 201 | 2年 | | | |
| | 3年 | | | |
| | 5年3組 | 内田《うちだ》 一史《かずし》 | ウッチー | 男子寮のなかではマトモな人 |
| | 6年 | | | |
| 202 | 2年 | | | |
| | 3年 | | | |
| | 3年 | | | |
| | 6年 | | | |
| 203 | 1年2組 | 数納《すのう》 周《あまね》 | 数納《すのう》 | クールな頭脳派・侑名のことが好き |
| | 2年 | 三並《みなみ》 暁人《あきと》 | ミナミ | とにかく明るくうるさい・一部で人気者 |
| | 4年8組 | 市川《いちかわ》 湊太《そうた》 | 湊太《そうた》 | 人見知りでおとなしい |
| | 6年 | 江口《えぐち》 慧《けい》 | 江口《えぐち》 | |
| 204 | 1年 | 森岡《もりおか》 斗真《とうま》 | 斗真《とうま》 | チビ・生意気・文学少年 |
| | 2年 | | | |
| | 3年 | | | |
| | 5年 | 若旅《わかたび》 公基《こうき》 | 若旅《わかたび》 | 男子寮寮長・若旅睦生の同学年の兄・シスコン |

・能條先生　能條《のうじょう》 圭志郎《けいしろう》　高等部倫理教師・男子寮寮監・シングルファーザー

・コーちゃん　能條《のうじょう》 幸士郎《こうしろう》　4歳・保育園児・能條先生の息子

## 学校

| | | | |
|---|---|---|---|
| 1年 | 武藤《むとう》 真琴《まこと》 | マコちゃん | 1年5組 |
| | 倉田《くらた》 香奈枝《かなえ》 | 倉田さん | 1年5組 |
| 2年 | | | |
| 3年 | 吉沢《よしざわ》 聡美《さとみ》 | | 3年6組 |
| | 及川《おいかわ》 利沙《りさ》 | | 3年6組 |
| 4年 | 西村《にしむら》 由利亜《ゆりあ》 | | 4年7組 |
| 5年 | 徳山《とくやま》 宏紀《ひろき》 | 髪型改造のイケメン | |
| | 乾《いぬい》 | | 5年3組 |

## 家族

・恭緒の母　宮本《みやもと》 恭子《きょうこ》

・侑名の兄弟　藤枝《ふじえだ》 嘉月《かづき》・千絢《ちひろ》・諒《りょう》・侑名・陽葵《ひなた》

# 一章「悪あがきの二学期デビュー」

九月二日（月）

逢沢学園女子寮《あいざわがくえんじょしりょう》の朝は、鉄琴《てっきん》のチャイムと（BGMとしての）ラジオ体操から始まる。

六時半まで、あと十秒。

恭緒《たかお》が寮内《りょうない》放送のスイッチに指を置いてうなずいたのを合図に、わたしは足元で体育座《たいいくずわ》りのまま寝《ね》てる侑名《ゆきな》のお尻《しり》をスリッパで押《お》しのけて、鉄琴のバチをかまえた。

『キンコンカンコーン』

コーンの余韻《よいん》のとこで息を吸いこんで、マイクに向かう。

『おはようございます。起床《きしょう》の時間になりました。みなさん担当の掃除《そうじ》場所へ向かってください。今日も一日元気に頑張《がんば》りましょう』

よっし、噛《か》まないで言えた！

無事やりとげた感に満足してるわたしの横で、放送をラジオ体操に切りかえた恭緒が、にっこりして親指を立てた。首のとこがのびたTシャツで寝ぐせのままでも、女子とは思えないイケメンなくせに、恭緒はこういうアナウンスとかするの恥《は》ずかしがるほう。

わたしは案外平気。

だいたい、みんな寝ぼけてて、ちゃんと聞いてないんだし。

ゾンビが銃弾《じゅうだん》受けまくって崩《くず》れ落《お》ちたみたいなかっこの侑名をまたいで、淡々《たんたん》と鉄琴を片づけながら、時の流れを感じちゃう。

入寮《にゅうりょう》したての四月には、ふざけて鉄琴を反対から叩《たた》いて、『カンコンキンコーン』ってしてウケる子が続出した。

もちろん、「太鼓持《たいこも》ちのアス」と評判の、自他ともに認めるお調子者の、わたしもやった。けど、さすがに半年近くたってもソレやってたらバカでしょ。つうかアレのなにが楽しかったのか、もう思い出せないし。きっと四月のわたしたちには、まだ小学生成分が残ってたんだ。

今日からもう二学期。

「ほら、わたしたちも掃除行くよ！　侑名！　起きて！」

管理室のドアを開けて、わたしが蹴《け》り出《だ》したゾンビ侑名を、恭緒が引っぱって立たせる。

サラッサラの長い髪《かみ》で美少女すぎる侑名は、こうやって意識モーローだと、壊《こわ》れた人形みたいで怖《こわ》い。とにかく睡眠欲《すいみんよく》がバカ強く寝起きの悪い侑名が、起きてから十分以内に口をきいたのは、ブッチが階段落ちした朝くらいだ。

侑名を引きずったわたしたちは、今週の担当場所のトイレに急ぐ。

入寮して一週間で、パジャマを着る子はいなくなった。

六時半に飛び起きてすぐにダッシュで掃除、ってなると、パジャマなんて優雅《ゆうが》なもん着てる余《よ》裕《ゆう》はないのだ。あんなのは貴族の着るもの。わたしたちは即《そく》活動できる部屋着のままで寝る。

「おはようございます！」

もう手に便器用のブラシを持ってる乃亜先輩《のあせんぱい》と、かなみん先輩に挨拶《あいさつ》する。

朝の掃除中のわたしたちを寮の外側の人たちが見たら、刑務所《けいむしょ》とか修行中《しゅぎょうちゅう》のお坊《ぼう》さんとか修道院とか、とにかくそういうのを思《おも》い浮《う》かべると思う。

先輩と一緒《いっしょ》なのと眠《ねむ》くて意思がないせいで超《ちょう》真面目にやるし、超黙々《もくもく》っていうか、とにかく誰《だれ》もしゃべらないし、超働く。超自動で超ルーティン。

まだ半分寝てる侑名も半目のままで、いつもどおり一番奥《おく》の個室からホウキで床《ゆか》を掃《は》き始《はじ》めた。

夏休み中に家でダラダラしてた間は、掃除なんて自分の部屋くらいしかしてなかったけど、寮に帰ってくれれば体が覚えてるもんですな。

われながらマシンじみた自分の動きに、ちょっと感心。

今日も殺気立ってるって言ってもいい雰囲気《ふんいき》でトイレ掃除は無言で進んだけど、

「おっはよーございまっす！　やった、あったー！　トレ芯《しん》ゲットだぜ！」

突然《とつぜん》飛《と》び込《こ》んできたユイユイ先輩が、叫《さけ》びながらトイレットペーパーの芯を手に飛び出していった後ろ姿に、わたしたちは顔を見合わせて、先輩たちがつぶやいた。

「なにあれ、工作でもすんの？」

「まあ、三バカのやることだから……」


一仕事終えて、別棟《べつむね》の食堂に集まるころには、頭も働いてくる。

七時十五分、全員の配膳《はいぜん》がすんだのを確認《かくにん》して、恭緒が立ち上がった。

みんなで調理場のおばさんたちのほうを向く。

「今日もおいしい食事をありがとうございます」

恭緒のセリフに続いて、全員で合唱。

「ありがとうございます」

まだ寝ぐせで横分けの前髪のまま、ちょっと緊張《きんちょう》した顔で、恭緒が続ける。

「では、みなさんいただきましょう」

「いただきます」

これでもう、日番の仕事の半分が終わったようなもの。

日番の何がツライって、とにかく朝、みんなより早く、ちゃんと起きられるかっていうプレッシャー。あとは自分が日番だって一日中覚えてなきゃいけないってこと?

日番の仕事っていったら、
①みんなより、五分早く起きて、朝の放送
②朝食の時の号令
③夜、七時半の門限の時間に玄関《げんかん》で寮監《りょうかん》先生たちと一緒に門番、と、外出簿《がいしゅつぼ》のチェック
④消灯前の戸締《とじ》まり確認と、夜の放送
ぐらいかな? 冷静に考えたら、たいしたことない。うん、たいした仕事じゃないんだけど、決まった時間に持ち場に待機するためには気がぬけないし、やっぱめんどい。

わたしは納豆《なっとう》のフタをパキっと開けた。

今朝のメニューは、納豆・和風スクランブルエッグ・ブロッコリーと味噌汁《みそしる》。

「ブッチ、これ食べてー」

さっそくケミカル先輩が、わたしたち一年のテーブルに来て、ブッチのトレイに自分の納豆とスクランブルエッグとブロッコリーの乗ったお皿を割りこませる。

「はい。いただきます」

ブッチが律儀《りちぎ》にトレイの中でお皿をパズルった。

「中野《なかの》さん、卵は食べられるんじゃなかった？」

一緒のテーブルの副寮監先生が、自分のスクランブルエッグの中身を凝視《ぎょうし》しながら聞くと、ケミカル先輩は素早《すばや》く自分の席に戻《もど》って、ご飯にしょうゆをかけながら、「卵はいいけど、中に入ってる、なめたけは食べられないんです」って明るく答えた。

「そう……、卵だけ焼いてもらう？」

「いいですいいです！　気を使わないでください！　夏休み中、家でもほぼウイダーｉｎゼリーで暮らしてたんで！」

ハンパない偏食《へんしょく》で小食のケミカル先輩は、炭水化物以外に食べたいものがほとんどなくて、いっつも大量の錠剤《じょうざい》で栄養を補ってる。あだ名のとおり、薬が友達。

そのやりとりの間にも、ブッチはケミカル先輩にもらった分のおかずを速攻《そっこう》で片づけて、静かにお皿を重ねてる。

ブッチは入寮してから、一学期に二十キロやせた。寮で食生活が改善されたのもあるんだろうけど……。心やさしいブッチが、同室の気が強い二人、杏奈《あんな》と珠理《じゅり》のいがみ合いにサンドイッチ状態で身が細ったってのは、誰《だれ》が見たって明らか。

で、夏休みに家でのんびりしたブッチは、七キロリバウンドして戻ってきた。めまぐるしいったらない。でも一学期あれだけ激ヤセしても、ブッチが寮を出されなかったのは、地元でいじめられて太り続けるほうがブッチの体に悪いって判断されたからだと思う。

ブッチは小学校時代のいじめで過食になった。

ブッチみたいなやさしい子がいじめられるなんてマジ最低だ。

ブッチはいい子でいい仲間だから、わたしたち一年生は、また一緒に寮で暮らせてうれしい。

太っててもブッチはかわいいけど健康は気になるから、冬休みまでに、また頑張ってやせてくれ！　昨日の夜、杏奈と珠理に、お風呂《ふろ》の体重計に強制的に乗せられてたけど九十五キロだったし、やせしろハンパない。

ブッチの気持ちいい食べっぷりに見とれてたわたしは、あわてて納豆をご飯にかけた。

「もうごちそうさまの号令かけていいと思う？」

湯のみのお茶を飲み干した恭緒が言ったから、ようやく目が覚めてきた侑名が食堂の大きな時計を見上げる。

七時四十分になるし、みんなの食べ終わった感からして、よさそう。

意を決した恭緒が立ち上がろうとすると、寮監先生が、ちょっと、って手で制して立ち上がった。

「夏休みをはさんで、すぐには生活リズムが戻らないと思うけど、今日は月曜日なので、夜は全体集会です。十時五分に集会室に集まるのを忘れないようにね。それでは、二学期も頑張ってください。はい、日番さん号令どうぞ」

あわてて立ち上がった恭緒が号令をかける。

「ごちそうさまでした！」

「ごちそうさまでしたー」


「らからはー」

しおりん先輩が口の端《はし》からハミガキ粉をたらしながら言った。

今日は朝食が納豆だったから、みんな特別熱心にハミガキしてて、洗面所は激混み。

「汚《きたな》いな、歯ぁ磨《みが》きながらしゃべんなよ」

そう言うイライザ先輩も歯ブラシくわえてるんだけど、朝食で血糖値が上がってすっかり元気な侑名と違《ちが》って、先輩の低血圧は本格的で、朝はふだんの不機嫌《ふきげん》が三割増しって感じなので、誰もツッコめない。イライザのイラはイライラのイラ。

けど、しおりん先輩は流しにハミガキ粉を一口吐《は》き出《だ》すと、尊敬に値《あたい》する天真爛漫《てんしんらんまん》さで続ける。

「マジいいから試《ため》してみって！　先輩たちも試してくださいよ！　ほんとトイレ行くのガマンするだけで！　すべての動作が速くなる！　から！　超時短っすよ！」

って、激しくヤバい感じの足ぶみしながら熱弁する、しおりん先輩の横で、マナティ先輩が飛びはねる。

「マジ朝のしたくが超すばやくなった！　三分の二の時間になるよ。ね、ユイユイもね！」

「極限状態に精神力も鍛《きた》えられるし！　わたしなんか、なぜか腹筋もついてきたし見て！　このくびれ！　われながら超セクシーでまいる！」

Tシャツをまくりあげたユイユイ先輩が、口をゆすごうとしたわたしにグイグイせまってくるからハミガキ粉飲んじゃった。あああ納豆エキス入りなのに！

女子寮で、三バカって呼ばれてる三人組、ユイユイ・しおりん・マナティ先輩は、今学期も絶好調。

三年生でこんなに無邪気《むじゃき》って、ある意味すごいよ。

「まったくくびれてねえし、もらす前にやめな！」

言いながら紺《こん》ちゃん先輩がユイユイ先輩の裸《はだか》のお腹《なか》をはたいて、バチーンっていうイイ音が洗面所にひびく。

「キケン！　先輩それ超キケン！」

ユイユイ先輩が叫んでトイレにかけこむと、つられて三バカ先輩の残り二人も、歯ブラシをくわえたままダッシュで続く。

個室に向かって侑名が、

「そんなんしてると膀胱炎《ぼうこうえん》になりますよー」

って、冷静に声をかけた隣《となり》で、わたしはまだむせてる。

尿意《にょうい》ガマン大会をあきれた顔で眺《なが》めてたミカチュウ先輩が、ため息をついて、

「ナル、ちょっとどいてよ、いつまで鏡ひとりじめしてんの」

って言って、洗面所に一つだけの全身鏡の前で、騒《さわ》ぎをモノともせず前髪をいじりつづけてるナル先輩を押しのけた。

「だって前髪の分け目がどうしてもキマんなくてー。二学期初登校なのにー」

「いつもと同じだよ。あんたの前髪なんて形状記憶《きおく》じゃん」

「えー！　日々違うし！　前髪で女の子のかわいさは七割決まるんだから」

「だいじょぶ、ナル先輩は、どんな髪型《かみがた》でも日々かわいいよ」

「紺ちゃんありがとー！　さすがわかってる！」

鏡越《かがみご》しに紺ちゃん先輩が激甘《げきあま》な王子のセリフでフォローしたから、自称《じしょう》〈逢沢学園高等部のア

イドル〉のナル先輩は、やっと場所をあけわたした。

その時、バターンって音がして、三バカ先輩たちが同時にトイレから飛び出してきて、イライザ先輩を取り囲んだ。

「そうそう！　イライザ先輩、今日絶対ちゃんと集会の時間までに帰ってきてくださいね！　先輩ピアノひいてるとすぐ忘れるんだから」

「ほんっと、先輩、ナチュラル門限破ラーだから」

「そうですよ、ちゃんと首からタイマーでもぶらさげといて」

三バカ先輩たちに口々に言われて、朝陽《あさひ》にきらめく天然縦ロールに包まれたイライザ先輩の小さい顔が、めんどくさ、って風にしかめられた。学園内では〈ミス逢沢学園〉または〈不機嫌姫《ひめ》〉って呼ばれてるイライザ先輩は、眉間《みけん》にシワがよると、さらに美人度が上がって怖い。

自称のナル先輩は置いといて、侑名とかイライザ先輩とか、なんか一階の美人率高いよなーとかぼんやり考えてたら、

「わたしだって、寮の大事な時には忘れないって」

低い声でイライザ先輩が答えて、目が覚めた。

「え！　大事って、なんですか？」

わたしが食いつくと、侑名も首をかしげてイライザ先輩の不機嫌顔に向かって聞いた。

「今日の集会、なにか特別なことでもあるんですか」

とたんに三バカ先輩たちがわりこんできた。

「なんでもないし！」

「いちいち気にしてるとハゲるよ！」

「それかイライザ先輩みたく縦ロールになるよ！」

「やべー！」

「マジやべー！」

「朝起きたら髪くるっくるー！」

「……なにそれ」

イライザ先輩から怒《いか》りの「気」が立《た》ち昇《のぼ》って、洗面所が戦場になりかけた時、

「みんな着替《きが》えないの？　遅《おく》れるよ」

すっかり身支度《みじたく》を済ませて洗面所に顔を出した恭緒が、わたしたちの部屋着姿に目を見開いた。

「ぎゃあ、こんな時間！」

「うわ、わたし今日寝ぐせすげえのに」

「しばれしばれ」

「前髪を？　なにキャラだよ」

わたしたちはエアホッケーみたくぶつかり合いながら、洗面所を飛び出した。

「ポーチがない！　どこ置いたっけ？」

「ベッドじゃない？　昨日寝る前リップがどうとか言ってたじゃん」

恭緒に言われて、わたしは二段ベッドによじ登った。

「あったー。サンキュー恭緒の記憶」

この寮はちょっと変わってて、部屋の奥半分が畳《たたみ》で、そこの窓際《まどぎわ》に三人分の座卓《ざたく》が並んでる。残りの半分の板張《いたば》りスペースは、両脇《りょうわき》に林間学校みたいな作り付けの二段ベッド。二段ベッドは、寝起きに不安のある侑名だけ下の段で、その上がわたし。もう一個のベッドの上の段が恭緒で、恭緒の下のベッドは荷物置き場になってる。昔は子どもが多かったから、四人部屋だったのだ。少子化バンザイ！

「今日の放課後、クラスの子たちと出かけてくるね」

侑名が寝起きのダメ感が信じられないほどキッチリさわやかな制服姿でドアのところに立って、スマホの画面を見ながら言った。

「いいなー。わたしもマコちんたちとどっか行こうかな、ひさしぶりだし。恭緒は今日からもう部活？」

「うん」

「暑いのに陸上部がんばるねー」

話しながら部屋のカギをかけて玄関まで来ると、登校の混雑の中、在寮札《ざいりょうふだ》を裏返す。

玄関では、寮監先生と副寮監先生とミルフィーユ先輩が朝の見送りに立ってる。

「ミルフィーユ先輩、今日も尻尾《しっぽ》、マッキマキっすね！」

ユイユイ先輩が言いながら、両手でワシワシほっぺたを揉《も》むと、クールなミルフィーユ先輩は微動《びどう》だにせず耐《た》えて、柴犬《しばいぬ》ベースの雑種だけど柴犬よりかなりフサフサな尻尾をゆっくり振《ふ》った。茶色い毛はツヤツヤで、でもちょっと夏ヤセしたかも。

セコムより頼《たよ》りになる女子寮の番犬であるミルフィーユ先輩は、夏休みの間も、どこにも預けられずにすんだ。まだ大学を出たばっかりの副寮監先生は実家に帰ってたけど、おばあさんに近い歳《とし》の、親戚《しんせき》が一人もいないってウワサの寮監先生は、ずっと寮に残ってたから。

「いってまいります！」

家じゃ絶対使わない『いってまいります』を大声で言って、玄関を出る。

寮に入って良かったことの一つは、月曜のダルさが七〇％オフだってこと。

なんていうか、ここでは一週間が、つながってる。

学校、微妙《びみょう》に行きたくないなって思うようなヤなことって、たいてい金曜に勃発《ぼっぱつ》じゃない？

先生がキレたとか、友達とのケンカとか、絶交とか聞きたくなかった内緒話《ないしょばなし》とか。

だけど寮だと、一日が、朝いっせいに飛び起きるとこから始まって、無心に掃除して、急いで食堂に移動して朝ご飯、で、制服に着替えて髪とかして、在寮札を裏返して、「いってまいります」っていうのが、もう、流れ作業。

あー、なんか今日学校ダルいかもって、思うヒマがないの、は、ラク。

学園の敷地内《しきちない》にある女子寮から校舎の玄関までは、徒歩二分。

同じ敷地内にある男子寮よりも、一分近いのが自慢《じまん》。

ダルくなるヒマもない。

そう考えると、寮って結構、ラク。

「全員集まりましたね。それでは、九月二日、二学期最初の全体集会を始めます」

四階の畳敷《たたみじ》きの集会室にギュウギュウに体育座りした全寮生《ぜんりょうせい》の前で、副寮長《ふくりょうちょう》の盟子《めいこ》先輩が言った。

寮監先生が立ち上がって、今週の予定と伝達事項《じこう》を読み上げ始めたけど、超違和感《いわかん》。

なぜなら、寮長と副寮長の横に並んで、三バカ先輩が立ってるから。

「三バカ先輩たち、なにかするんですか。ていうか、なんで夜なのに制服に着替え直してんですか？」

最前列に座ってた真央《まお》が質問したけど、三バカ先輩は気持ち悪いウインクや投げキッスで返すばっかりで、答えない。

私服だとそんなには似てないのに、制服の三バカ先輩たちは、一気に三つ子みたく見える。

三人とも薄《うす》い顔で、髪を一本に結ぶと、なんか昔の女学生って感じになるから。

超ふざけた人たちなのに、外見は超まじめに見えるから、おもしろい。

修学旅行中の三バカ先輩を、外国の人が写真に撮《と》って投稿《とうこう》したのが新聞に載《の》ったことがあったんだけど、タイトルが、「スリージャパニーズドールズ」だったのを思い出した。あれにはみんなウケた。って、今はそういう話じゃなくて、なんで正装（？）して前にいるんだろ。

くねくねし続ける三バカ先輩を横目で見て盟子先輩は苦い顔してるけど、寮長の芳野《よしの》先輩は、いつものおだやかな笑顔《えがお》で腕《うで》を組んで並んでる。

芳野先輩を見ると、なぜか安心しちゃう。

芳野先輩は背が高くて、声も低くて、大人みたい。五年生だけど、もうなんか先生っぽい、しかも男の先生っぽい感じがする。もちろん、かっこいい先生ね。

お風呂に入ったあとだから、いつも以上にフサっとした不思議な天パのショートの髪をなでつけながら、芳野先輩は落ち着いた声で話し始めた。

「では、時間がないので、さっそく本題に。今日の集会は、逢沢学園女子寮にとって重要な議題があります」

え、なになに！　って背筋を伸《の》ばしたわたしは、「？・？・？」ってなってるのが、一年生だけなのに気づいた。

「こちらに出てもらった一〇二号室の三人、通称《つうしょう》三バカ、三年生の、小谷《こたに》まなつさん、田中唯香《たなかゆいか》さん、早野栞《はやのしおり》さん。いつも明るく賑《にぎ》やかに寮を盛り上げてくれている彼女《かのじょ》たちですが、知ってる人もいると思います」

芳野先輩は、そこまで言って、部屋のあちこちでうなずいてる先輩たちを確認してから続けた。

「来年、マナティは潜水士《せんすいし》、しおりんは舞妓《まいこ》さんっていう、将来の夢に向かって、高等部には進学せず別の学校へ行く予定です」

そうなんだよー。

この逢沢学園は、ホームページのトップにも、『未来につなげる』ってバーンと大きい字で書いてあるし、やりたいことを見つける場所、っていうのを打ち出した中高一貫校《いっかんこう》なのだ。

だから生徒には、もともと特技っていうか特別に得意なことがある人も多いし、そんなだから、将来のこと早めに決めて、せっかくの中高一貫なのに高校から別のとこに行く人も結構いる。反対に編入してくる人も多いし、普通《ふつう》の学校より出入りが激しいらしい。

それでもマナティ先輩が潜水士になりたいって言い出した時は、みんな驚《おどろ》いたけど、今はまあ、応援《おうえん》してる。マナティ先輩、お風呂で毎日息止めの練習してるし。東北出身だし。

「でもさ、こないだテレビで見たけど海保《かいほ》の潜水士って、女の人でなった人いないんでしょー。マナティなれんの？」

空気の読めない失言クイーンのオフ子先輩が、今言わなくていいことを大声で言った。いつものことながら、超水さすわー。

「マナティが女性第一号になるかもね」

芳野先輩が、さすがのフォローして、壁際《かべぎわ》で六年の先輩たちが口々にしゃべりだした。

「女子寮名物の三バカも解散かー。さみしー」

「まだ来年の話じゃん。つうか、うちらなんか卒業じゃん」

「それは言わないで！　マジさみしくなるから！」

「三バカの一年の時、どんだけ面倒《めんどう》みてやったか……」

「まあでも三人には笑わせてもらったよ」

六年生が思い出トークに突入《とつにゅう》しそうなので、芳野先輩が区切った。

「そう、まだ中等部卒業の三月までは、今までどおりわたしたちを楽しませてくれるでしょう。でも、解散しなくてはいけないのは三バカだけじゃない。それについてが、今日の議題」

？？？

芳野先輩の謎《なぞ》の発言に、三バカ先輩たちが、シャキーンと姿勢を正す。

「彼女たちの『役職』の話の前に、説明しておくことがあります」

？？？　役職？

わけがわからないわたしがキョロキョロすると、わかってない顔してるのって、やっぱりまた一年だけで、上級生はみんな、ウフついてるっていうか意味ありげに楽しんでる顔してる。

なんだなんだ？

「学園の、ほかの生徒とわたしたち寮生の違いを考えたこと、ありますか？」

芳野先輩が明らかに一年に向けてって感じで聞くと、なんでも一番になりたい杏奈が素早く手を上げて、「えーっと、学園に住んでるってことですか？」って言った。

「すごい、一発で正解。そう、わたしたちは学園の敷地内で暮らしてるから、通学に時間も取られず余裕があるし、入学した頃《ころ》のことを思い出すと、学園生活に慣れるのも早かったと思う。普通のクラスや部活だけじゃ知り合えない人たちと一緒に生活して、交友関係も広くなる。いろいろ恵《めぐ》まれてるよね」

芳野先輩は、そこまで言って一年生を見回して、にっこりした。

「プラスばっかじゃないけど」

口が悪い珠理が、ひとり言を言った。わざとデカめに。

こんな時にも、仲悪い杏奈に対する当てこすりだよ、まったくー！

盟子先輩が唇《くちびる》を曲げて肩《かた》をすくめたから、ブッチの大きい背中が縮こまったけど、芳野先輩は珠理にも笑顔を向けて、話を続ける。

「では第二問、女子寮の入り口にある石碑《せきひ》、に、彫《ほ》ってある言葉がわかる人」

「え？　なんすか急に。話飛びすぎじゃないすか？」

後ろで聞こえたワダサクの困惑《こんわく》した声のとおりだ。

石碑って！　花壇《かだん》のとこにあるツルツルの四角い石に、なんか英語が彫ってあったのは思い出せるけど、なにが書いてあるかとか、普通覚えてないでしょ。

「ピープル・ヘルプ・ザ・ピープルですよね」

普通じゃない侑名が言った。

さすが！　侑名は、おそろしく記憶力がよくて、それがあんなにボーッとしてても成績がめちゃいい理由。

「侑名正解。ピープル・ヘルプ・ザ・ピープル。人が人を助ける。それが、この逢沢学園女子寮のモットーなんです。今まで一年生にはあえて言わなかったけどね。そして一年生には二学期まで内緒にされていることですが、代々、女子寮の寮生は、学園内でのトラブル解決に取り組んできました。要は、人助けね」

……………。

わたしたち一年は、一瞬《いっしゅん》超だまった。

なにそれ。

初耳すぎる。

珠理や杏奈がなにか言うかと思ったけど、うるさい二人も薄く口を開けてるだけ。

恭緒が緊張した時の癖《くせ》で大きく息を吐くのが聞こえた。

「えーっ！　かっこいい！」

一年で一番小学生っぽい真央が最初に叫ぶと、一番オタクなミライさんも、「なにそれ、便利屋とか探偵《たんてい》クラブみたいな感じですか？」って色めきたって両手を組み合わせる。

そういえばそうかも！

急にワクワクしてきたわたしも、

「なんかドラマみたい！」

って声を上げると、にっこりしてる芳野先輩の隣で、盟子先輩が口を開いた。

「寮生にとって、学園は文字通り庭でしょ。そこで起こる困ったことに手を貸すのは、まあ、いろいろな面で余裕がある人間の役目だとは思わない？」

一年生のみんなが必死に理解しようとして半端《はんぱ》にうなずく中で、盟子先輩はクールに、まっすぐな長い髪をかきあげて、

「みんなで食べてる寮のおやつ、ありますね」

って視線で指すから、わたしたちは部屋の隅《すみ》に寄せられてる机の上のカゴを見た。

二つの談話室には、たいてい切れることなく、お菓子《かし》が常備されてる。

「帰省のおみやげを持ち寄ったりもしてるけど、あのお菓子のほとんどは、寮生が相談に乗ったり手助けしたりした人たちからいただいたものです。お礼の品っていうか、わかりやすくマンガっぽく言えば、依頼人《いらいにん》からの報酬《ほうしゅう》。卒業したあとも思い出して送ってくださったりするから、わたしたちはおやつに困ることがないわけ」

！！！

え、衝撃《しょうげき》の真実！　無意識にバリバリ食べてたお菓子に、そんな意味があったとは！

「おやつって、寮費《りょうひ》から出てるのかと思ってた……」

杏奈がつぶやくと、今まで傍観《ぼうかん》してた副寮監先生が、

「寮費で買ってるおやつは、おかき餅《もち》だけです」

ってきっぱり言って、隣で腕組《うでぐ》みしてる寮監先生がうなずいた。

またもや衝撃の真実！　選ばれし菓子、おかき餅！

「で、わたしたちが一年生に言いたいのは、これからは、おやつは、くださった人に感謝しながら食べましょうっていうことと、みなさんは、すでに過去の女子寮生が行った人助けの恩恵《おんけい》にあずかっているってことです」

盟子先輩がきっぱり言うと、芳野先輩が、意味ありげな笑顔で続ける。

「おかき餅は、たしかにおいしい。でも人はおかき餅だけで生きられるかって話」

「ムリだよねー」

わたしは思わず、まわりの子に言った。

「はい！　キットカットとか食べたいです！」

真央が手を上げて元気に叫ぶ。

みんなが口々に、お菓子で何が好きかしゃべりはじめると、盟子先輩が手を叩いて仕切る。

かっこよくておだやかな芳野先輩とキレイでリアリストな盟子先輩は、いつも息ぴったり。

静かになったのを確認して、盟子先輩はわたしたち一年生のほうをまっすぐ見た。

「おやつのことだけじゃなく、人生はギブアンドテイクです。コネって言うと聞こえが悪いけど、コネクションね。つながっておくことで、多くの場合、人間関係はラクになる。寮生全員が協力して、学園と生徒のために知力、または体力や精神力を提供するわけですが、その過程で寮長、副寮長がまとめ役となるのはもちろん、もう一つ、重要な役職があります」

盟子先輩が、隣にならぶ三人をちょっと見て続けた。

「そう、ここで三バカのお話です」

盟子先輩の言葉に、めずらしくおとなしく待機してた三バカ先輩たちが、そろってダブルピースする。

そんな三人を横目に、芳野先輩が、重々しく、でもちょっとおかしそうにゆがめた口を開いた。

「じつは三バカとは世を忍《しの》ぶ仮の姿、彼女たちには重要な任務があったのだよ」

三バカ先輩がそろって戦隊モノみたいなポーズをとって、先輩たちが拍手《はくしゅ》する。

「人助けは寮生みんなでやりますが、問題解決にはまず、情報収集が大事です。偵察隊《ていさつたい》ですね。逢沢学園女子寮では代々、この役目は、お庭番と呼ばれてます。こちらの三人は、一年生の二学期から二年間、お庭番として活躍《かつやく》してくれました」

先輩たちがみんな、もう一度盛大《せいだい》な拍手をして、急な展開についていけてない、わたしたち一年も、意味わかんないながらあわてて手を叩く。

芳野先輩が、三バカ先輩が声援《せいえん》に応え終わるのを待って、続ける。

「ここで、話は最初に戻ります。来年度、この一〇二号室の三人が違う道を歩き出すのに向けて、お庭番は卒業、これから三バカから代替《だいが》わりして、わたしたちは次のお庭番を決めなくてはなりません」

そう言ってぐるっと、ゆっくりみんなを見回した芳野先輩と、バチンと目が合った。

ん？

「わたしたち、ここで言うわたしたちとは、逢沢学園女子寮の二年生から六年生ですが、わたしたちは、この二学期からのお庭番を、一〇一号室の三人、戸田明日海《とだあすみ》さん、藤枝《ふじえだ》侑名さん、宮本《みやもと》恭緒さんにやってもらいたいと思っています」

「え？　ええっ！」

わたしは叫んで立ち上がった。

すごい声が裏返ったけど、そんなん気にしてる場合じゃない。

「もちろんこれはあくまでも推薦《すいせん》だけど。一〇一が適任だろうっていうのは、二年生以上の寮生と、寮監先生と副寮監先生の協議による総意です」

！！！

シーンとなった集会室の中で、みんなが、わたしと侑名と恭緒を見てくる。

静まり返った空気に、ピシッとラップ音が鳴った。

「レイコ先輩も賛成らしいね」

芳野先輩が階下に視線を落として言った。

レイコ先輩は、三〇六号室在住の幽霊《ゆうれい》だ。

レイコ先輩までヒドイ！

わたしは畳にがっくりと両手をついてレイコ先輩を恨《うら》んでから、思いっきり頭を上げた。

「お庭番？　とか人助けとか、そんな大役ムリです無理無理無理！　なんでうちの部屋なんですか！」

ジタバタするわたしに向かって盟子先輩が、

「もちろん立候補するって一年がいれば話は別だけど」

って言って、芝居《しばい》がかったしぐさで一年生を見回した。

「そんなん、いるわけないいじゃないすか！」

ブチギレるわたしに向かって、先輩たちが謎に拍手してくる。

「ちょっと待って！　拍手とか待って！」

「待ってくださいだろ」

誰かに笑い声でツッコまれて、

「待ってください！！！」

わたしは隣で体育座りのまま固まってる恭緒に抱《だ》きついて絶叫《ぜっきょう》した。

侑名はなにも言わないで、うっすら首をかしげてる。

こういう時の侑名の落ち着きがうらめしい。

「ちょっと侑名、あんたもなんとか言ってよ！　一番頭いいんだから！」

わたしが侑名のTシャツをつかむと、盟子先輩にあきれ顔で言われる。

「アス、そうあわてないでよ。大役って言うけど、お庭番っていうのは、あくまでも情報収集役だから」

芳野先輩も困り笑いで続ける。

「そうそう、もちろん情報収集の代表ってだけで、全部やらせるわけじゃないよ。中等部生が入りこめないとこもあるしね。実際、わたしたち上級生がコーディネーターになって、案件ごとに、解決に適正な人に問題を割《わ》り振《ふ》るんだから、直接何か決定するのはお庭番じゃないし、困りごとを解決するのは寮全体ってこと。そう深刻にならないでいいよ」

「なりますよ！」

わたしの叫びに、部屋のあちこちで先輩たちが顔を見合わせて苦笑《くしょう》するけど。

けど！

「今ここで、了承《りょうしょう》をもらおうってわけじゃないから。とにかく、来週の全体集会までに考えてみてくれないかな」

そうとりなす芳野先輩の笑顔は、いつもなら安心の素《もと》なのに、今ばっかりはそう見えない。

三バカ先輩が口々に言ってくる。

「アス、ね、そう言わないで考えてみ！　恭緒と侑名とも相談してさ」

「意外と楽しいし、やりがいあるよ！」

「助け合いって大事だよ。人類助け合いだよー」

「助け合いが大事なのなんかわかります！　でも助ける側と助けられる側なら、わたし絶対、助けられる側なんです！　今だって超助けてほしい！」

寮生の人助けだってお庭番だって、ステキな制度だし、それが代々続いてるなんて、すごい感動的。だけど、ステキとか感動とか言えるのは、自分が選ばれなければだ。

恭緒が「ちょっと、アス……」って言って腕を引っぱってくるけど、振《ふ》り払《はら》って立ち上がった。

「アス、もう少し詳《くわ》しく聞いてから、」

侑名が言いかけたのを無視して、わたしは泣き声にならないように、精一杯《せいいっぱい》の大声を出した。

「とにかくそんな重要な役、絶対ヤですから！　荷が重いし、わたし人のダークサイドとか超苦手だし、とにかく困ったことからは全力で目をそらすタイプだし、人間関係は『浅く明るく楽しく』がモットーなのに！　そのわたしを指名しますか！」

みんなが中途半端《ちゅうとはんぱ》な表情で黙《だま》った。

自分でも人でなしだと思う本音をぶちまけてハアハアしてるわたしが、侑名と恭緒に両側から引っぱられてへたりこむと、芳野先輩がわたしをまっすぐ見た。

「突然だって思うのも無理はないから、これからなんでも質問して。でも入学してから一学期の間、見てきて、一〇一の三人なら、やってくれるって、寮のみんなが考えた結果だっていうのは受けとってほしい」

静かに芳野先輩が言うと、先輩たちは、もう一度、今度は静かに拍手する。

どうすんのこれ。

拍手がおさまると、盟子先輩が事務的に話し出す。

「では、この件の続きは、来週の月曜の全体集会に話しましょう。来週、この場所で、アスと侑名と恭緒が、お庭番を引き受けてくれたら、わたしたちはとてもうれしいです。でも無理矢理にやらせたいとは思ってないから、一〇一の三人は、それまでに意見があったら、各自相談したり、わたしたちや三バカに質問したりして。そういうことで、今日は閉会です」

——閉会しちゃうのかよ！

「ちょっと、どうする！　どうしよう！」

動揺《どうよう》がおさまらないわたしに、懐中電灯《かいちゅうでんとう》でサッシの鍵《かぎ》を確認してた恭緒があせった顔で振《ふ》り返《かえ》って、侑名が口を押さえてきた。

こんな時でも日番の仕事はまだ残ってて見回りなんかしなきゃだし、誰かに相談したくても、もう他室訪問は禁止の時間。

これがピンチじゃなかったら、なにがピンチだ。

侑名の腕から逃《のが》れようともがいてると、六年生の部屋のドアが開いた。

「聞こえてるよー！　アス！　廊下《ろうか》で騒ぐな」

「気持ちはわかるけど、日番が点呼後にうるさくしてどうするよ」

「……すいません」

大声出したのは謝《あやま》るけど、でもでもでも！

わたしは、すごいなさけない顔してるんだと思う。先輩たちは、顔を見合わせて笑った。

「まあ急に指名されて驚いただろうけど、明日、芳野たちに話よく聞いてさ」

「はい……」

先輩たちは、超苦笑いした。

「わたしらも応援してるよ」

……応援されたくないんです！

『まもなく消灯の時間です。各自、部屋の戸締まりを確認して、電気を消してください』

侑名が夜の放送のセリフをスラスラ言ってスイッチを切ったから、わたしは泣き言を再開する。

「こんなはずじゃなかったのにー！」

「わかったから、部屋までガマンしなって」

「だってさー！」

唇に人さし指を立てた恭緒と侑名に引っぱられて、わたしたちの部屋、一〇一号室に帰ってきたとたん、わたしは畳にダイブした。

「マジどうにかして断ろうよ！　お庭番だかなんだか知らないけど、絶対面倒だよーあああわたしの平穏《へいおん》な日常を返してー！」

畳を転げ回るわたしを無視して、侑名と恭緒が寝る準備をはじめる。

こんな時になぜ二人とも冷静？

わたしはガバッと起き上がって叫んだ。

「なに二人とも受け入れちゃってんの？　拒否《きょひ》るでしょ普通！」

「うーん」

恭緒があいまいにうなって、侑名はさっさとベッドに入ろうとしてるから、もう超ぶっちゃけるしかない！

「ちょっと聞いて！　入試の面接の時には、もちろん言わなかったけどさ、わたしが逢沢学園に入学しようって思ったのは、中学で部活に入るのが面倒だったからなんだよ！」

わたしが行くはずだった地元の公立中学は、自主性にまかせるのが売りのこの学園とは違って、部活は原則全員参加だった。

「小学校でミニバスやってた人間は、当然バスケ部入んなきゃいけないわけ」

「だろうね。うちの小学校でも、ミニバスってバスケ部予備軍だったよ」

恭緒がうなずいて言った。

「けどさ、そのミニバスで、スポーツの楽しさよりチームの人間関係って疲《つか》れる、ってほうを実感しちゃったから、中学の部活、パスできるなら、したかったんだよー。つうか思ったより背も伸びないし」

みんなにはバスケ大好き人間って見られてたし、部活に入っちゃえば楽しいことや感動だって、いっぱいあるの知ってる。

でも、ほんとになんとなくだけど、やらなくてすむコースがあるなら、って思っちゃったのだ。塾で偶然、逢澤学園のパンフレットを見た、あの時。

「っていうか実際バスケ部だったら、アスって、『先輩ガンバです！』とか言うキャラじゃん」

「言うね。超言うね！　目に浮《う》かぶ」

侑名と恭緒が言い合って、

「アスは、そういうソツないタイプだよ。人間関係も上下関係も得意でしょ」

侑名が断言した。

「ううう……」

言い返せなくて、わたしは座布団《ざぶとん》を抱《かか》えてうなった。

そうなんだけど、だけど、ここは中高一貫で高校受験がないから、どこかに途中《とちゅう》入部の可能性はあるかもだけど、今は小学校で三年間続けたクラブ活動から解放されて、やっぱり、のびのび。

……とか思ってたのに！

「ちょっとなにのん気にそんなもん見てんの！」

勝手に話を終わらせたふうの侑名が愛読書のプロレス雑誌を開いたりなんかしちゃってるから、そっこー取りあげる。

「んー、でもよく考えたら、部活より寮生活《りょうせいかつ》のほうが全然人間関係濃《こ》くない？」

雑誌を持ってたままのポーズの侑名に指摘《してき》されて言葉につまる。

「ウッ……それは小学生の浅はかさっていうか」

「小学生って言ったって、ちょっと前なだけじゃん」

恭緒にツッコまれて、つい大声になる。

「はいはい！　小学生のじゃなくて、わ・た・し・の！　戸田明日海の浅はかさですー！」

「キレんなよ」

寝転《ねころ》がりながら侑名が言って他人事《ひとごと》っぽく笑うと、恭緒が首をかしげた。

「わたしだって、さっきのお庭番？とか初耳のことだらけで驚いたけど、集会で、あんなふうに指名されちゃったら、もう決まりなんじゃないかな。人助けはさ……いいことだし」

「恭緒、あんたはお人よしすぎ！　そんなんじゃ、この先の人生、他人に利用されまくりだよ！」

「そんなおおげさな」

「恭緒は仲間だと思ってたのに、目立ちたくない仲間だと思ってたのに」

「えー？　うーん……」

その気になれば、紺ちゃん先輩くらい（女子に）モッテモテになれるキャラなのに、恭緒は地味に暮らしたい派なのだ。いっつも人の後ろに立ってる子じゃん。

なのに、裏切られた！

侑名が眠い声でつぶやく。

「集会室ではアスが荒《あら》ぶってたから言わなかったけど、わたしもべつに、選ばれたならやってもいいかな、お庭番」

！！！

侑名って、そうなのだ。

いっつもあわてない。すごく大きい目してて、向かい合うとなんか見透《みす》かされそうって思うけど、わりとフシ穴っていうか、実は、あんまし何も見てないし深く考えてない。

頬杖《ほおづえ》ついて物思いにふける姿なんて、アイドル写真集の一ページみたいだけど、侑名が考えごとしてるように見える時は、手品とかヨーヨーとかプロレスとか、そういうアホ男子みたいなことで頭いっぱいなだけ。

とにかく！

「あんたたちは物わかりが良すぎる！　わたしは絶対！　引き受けないからね！」

大声で言った瞬間《しゅんかん》、恭緒が部屋の電気を消した。

「ちょっとー！　まだ話終わってない！」

たしかに消灯時間だけども！

「ごめん」

恭緒があやまりながらも自分のベッドに登る。

暗闇《くらやみ》の中で、侑名が言った。

「わたしは、どっちでもいいよ。恭緒もでしょ。だから、アスがほんとにイヤなら、やらない。とにかく、また明日考えよ。明日できることは今日しないのが、一〇一じゃん」

九月三日（火）

一〇一号室で放課後一番早く寮に帰ってくるのは、だいたい、わたし。

侑名もわたしも帰宅部で、わたしも放課後教室でダラダラしてるほうだけど、だいたい毎日図書館に寄ってくる侑名と、陸上部に青春の五分の三を捧《ささ》げてる恭緒より、早いから。

あ、五分の三っていうのは、恭緒の自己申告《しんこく》。

ちなみに残りの五分の二は、とくに使い道がないそうだ。でも、恭緒はスポーツ枠《わく》でこの学校入ったし、実際走るの速いし、わたしと違って怠《なま》け者《もの》じゃないから部活って向いてるし、楽しそう。純粋《じゅんすい》に走るの好きなんだと思う。

それは置いといてだ、侑名まだかな。

寮の玄関前の階段に座ってるだけで、制服から着替えたばかりのTシャツが、どんどん湿《しめ》ってくるけど、悠長《ゆうちょう》に部屋で待ってられる心理状態じゃないから、マジで。

わたしは膝に頬杖をついて、花壇の石碑を恨みがましく見つめた。

『people help the people』

お庭番に指名されたことは一大事だけど、恭緒が部活を休む理由にはならないって、わたしにだってわかるから、直談判《じかだんぱん》には、侑名と二人で行くことにした。芳野先輩には朝食の時に、放課後にお話しに行きますって予告しておいた。

絶対、お庭番なんて、引き受けたらヤバい。

どうにかパスさせてもらわないと。

校舎の方角をガン見しつつ、体育座りで日陰《ひかげ》におさまる努力をしてると、ミルフィーユ先輩がハアハア言って近づいてきたから、なでまわす。なんか鼻が乾《かわ》いてるみたい。

「ミルフィーユ先輩、ちゃんと水分補給してる？　九月なんかまだ夏なんだから、気をつけなよ」

そういえば、犬って肉球からしか汗《あせ》かかないっていう説、ほんとかな？

確認させてもらおうと前足を持ち上げようとすると、ミルフィーユ先輩は石みたいに踏《ふ》んばって抵抗《ていこう》してきた。

「ただいまー。アス、なにしてんの？　ミルフィーユ先輩超いやがってるけど」

「侑名遅《おそ》い！　芳野先輩んとこ行くって言ったじゃん！　うわ、急に立ち上がったらめまいが！」

わたしが頭を押さえてうずくまるのを無視して、ミルフィーユ先輩が侑名にお腹を見せて転がった。ミルフィーユ先輩は、侑名を特別扱《とくべつあつか》いしてる。先輩は寮生になら誰にでもフレンドリーだけど、お腹を見せるのは、芳野先輩と四年の水蓮《すいれん》先輩と侑名だけって決めてるのだ。

そのせいで水蓮先輩と侑名は、選ばれし者、未来の寮長候補って噂《うわさ》されてる。


「一晩じーっくり考えたんですけど、やっぱりお庭番は、ほかの部屋の子たちにやってもらったほうがいいと思うんです。ていうか、どうして一〇一が選ばれたかわからないっていうか、お庭番とか急に言われても時代劇？　って感じだし、だいたい、なにやればいいのかわかんないし、わたし自分で言うのもアレなんですけど、ドジっ子？だから絶対やらかすし！　そうすると寮長副寮長の危機管理能力が問われるっていうか、近い将来なにかしら困ることになりますよ絶対！」

今日一日授業中に考えに考えたセリフを一息に言って、芳野先輩と盟子先輩の前にバーンと手をついて、隣の同志を見た。

「ちょっと侑名、他人事か！　あんたもなんとか言って！」

芳野先輩の部屋に来ると、侑名はいっつも本棚《ほんだな》に置かれたオイルの砂時計みたいのに夢中になる。

だけど、必死に訴《うった》えるわたしの横で口を開けて、ポタポタ落ち続けるオイルの粒《つぶ》にクギづけって、おまえ！

自分の部屋から持ってきたマグカップで優雅にお茶を飲みながら、盟子先輩が苦笑する。

窓際に座ってる芳野先輩が侑名の首を絞めてるわたしに、目を細めて口を開いた。

「でも、アス、侑名くらいのノリでいてくれればいいんだよ。そう難しく考えなくても」

盟子先輩も言う。

「昨日も言ったけど、お庭番は、あくまでも情報収集役で、みんなでフォローだってするし、そんな責任とか感じる役目じゃないから」

「だったらそれだったら先輩がやればいいじゃないですか！　わたしみたいな気弱な人間にはムリです！」

「あんたそれを五年生に直談判できるって、どこが気弱なの？」

盟子先輩が心底あきれた言い方で言って、芳野先輩が吹き出す。

盟子先輩はマンガみたいな影《かげ》の権力者タイプのクールビューティーで、わたしの大声に片眉《かたまゆ》をつり上げた顔は美人なだけにゾッとするけど、今はビビってる場合じゃない。

芳野先輩が、わたしの肩にやさしく手を置く。

「一〇一が選ばれたのには、ちゃんと理由があるんだよ。向いてるって、寮のみんなが思ったんだからさ、それを考えてあげてよ」

「………」

「それに、なんていうかな、一〇一って、ほかの一年にくらべて、余裕があるんだよね」

芳野先輩のつぶやきに、侑名がにっこりして答える。

「それって簡単に言えばヒマそうってことですよね」

芳野先輩は、めずらしくいつものやさしい笑顔じゃなく、たくらんだ笑顔になって言った。

「ぜんぶ簡単に言ってたら、何もコトが進まないだろう。つまんないし」

もうヤだ！　わたしは畳につっぷしたけど、盟子先輩の声が降ってくる。

「まああ、やってもらうからには、メリットだってあるから。まず、お庭番の間は、日番は免《めん》除《じょ》。どう、うれしくない？」

「それくらいをメリットとか言います？　ねえ、ゆ……」

同意を求めて横を向くと、侑名の目が輝《かが》やいてる。

マズイって！　睡眠にものすごい執着《しゅうちゃく》を持つ侑名は、早起きしなきゃいけない日番をパスできるなら、簡単になびいちゃうかも。

このままじゃ超マズい！　わたしはあわてて大声で質問した。

「罰日《ばつにち》は？」

寮には、部屋に順番に回ってくる普通の日番のほかに、なにか違反《いはん》とかすると増やされる、罰日って制度がある。通常はプラス一日だけど、特別悪いことしたら、「悪質なもの」とされ、なんと！　三日とか増やされる。三日連続日番とか、考えただけで恐怖《きょうふ》！

「そこは、べつ。罪は償《つぐな》わないとね」

盟子先輩がクールに答えた。

「そうなると、罰日くらった場合は、お庭番と日番でダブル番か、忙《いそが》しい……でも罪を犯《おか》さなければいい話だし……」

侑名がつぶやいて、あごに指を当てて考え出す。

やばい……計算とかしなくていいから！

わたしのあせりに、盟子先輩が意味深な感じに重ねてくる。

「あとこれはオフレコだけど、部屋換《へやが》えあるでしょ、一年に一度。寮監先生と副寮監先生の考えや部屋の人間関係もあるし、機械的に全部の部屋が換わるわけじゃないけど、……今まで、お庭番の部屋は、メンバー入れ換えなかったのね、活動するにはやっぱり同じ部屋のほうがなにかと便利だし。だから、確約はできないけど、お庭番になれれば、また来年度あなたたち仲良し三人組が、三人一緒の部屋になれる確率は高いんじゃないかな、とか」

…………。

わたしは頭よくないから、頭いい人から、いっぺんにいろいろ言われると、こんがらがる。

でもこのままじゃ、言いくるめられる！　っていうのは、わかる！

「いや、でも！」

叫んだけど、続きが浮かばないわたしに、芳野先輩がまた静かに笑って言った。

「ちょっと三人で、今話したこと、天秤《てんびん》にかけてみて」


どうしようどうしようどうしよう、とか考えてたのに、芳野先輩の部屋から帰って来て寝てた。

なぜこんだけ悩《なや》んでるのに寝れる、わたし！

昨日悩むあまり安眠《あんみん》できなかったからか。

恭緒と侑名に「夕食だよ！」って叩《たた》き起《お》こされて、急いで食堂に向かう。

さっき、ずっとなにかヘンな夢見てたな。

「アス、なんかうなされてたよ」

「なら起こしてよ！」

思い出した。忍者《にんじゃ》のコスプレして、夜の校舎の中を走りまわる夢だった。

マズイよー、わたしすでにもう超病《や》んでるよー。

食堂に着いて、トレイにご飯を取ってきて席についても、食欲がない。

食欲がないのは寝起きだからじゃないからね、たぶん。

今日のメニューは、わたしの好きなわかめご飯なのに。

わかめご飯をおもいっきり堪能《たんのう》できないなんて、鬱《うつ》すぎる。

平和な顔でおいしく食べ始めた侑名をにらんでると、気を使った恭緒が、

「直談判、どうだった？」

って聞いてきたから、食べることに集中してる侑名はほっといて、一気に報告する。

お庭番になる特典は、部屋換えがないかもって話のとこで、恭緒が箸《はし》を止めて反応したから、
わたしはあわてて強調した。

「あ、絶対ってわけじゃないよ。そんなんわかんないよね。転入生とか来る可能性もあるし、あんまり期待したらいけない話だよ」

「でも……魅力《みりょく》だよね。アスは、来年また三人で一緒の部屋になりたくないの？」

恭緒が真剣《しんけん》な顔で言って、まっすぐわたしの目を見てくる。

「なりたくないわけないじゃん、そーいう顔やめて」

恭緒は素直《すなお》だしイケメンだから、こういうふうにされると困る。

わたしが悪人みたいじゃん。

わかめご飯を口に詰《つ》め込《こ》んで、ため息を飲《の》み込《こ》む。

そりゃあ、わたしだって当然、来年も三人一緒の部屋になりたいよ。

だいたいこの寮の部屋換えは、ほんとに機械的シャッフルじゃないって話。

だって幽霊のレイコ先輩とか、人間でも三年の双子《ふたご》のキキララ先輩とかいるんだもん。

誰だって幽霊と一緒の部屋とか自分以外の二人が同じ顔してる部屋とかにはなりたくないから、超、組み合わせが難しい。

完全に箸を置いて考えこみ始めた恭緒の隣で、侑名がもう食後のお茶の湯のみを持って、うっとり言う。

「でも日番免除って……いいよね」

「まだ言うか！　日番なんてそう頻繁《ひんぱん》に回って来ないじゃん！　侑名、あんたは一分でも長く寝られるっつうなら魂《たましい》だって売るもんね！」

「さすがに一分じゃ売らないよ。ただ、五分なら考えるかなー」

この感じ、マズい。

恭緒も侑名もだいぶ引き受けちゃう側に傾《かたむ》いちゃってない？

侑名が、めったにしない真剣な顔をわたしに向けてくる。

「アス、冷静に考えて。日番は絶対回ってくるけど、お庭番はなにも事件が起こらなければ、仕事ないいんだよ」

「侑名こそ冷静に考えてみ！　わたしたちだよ！　中学生と高校生だよ！　思春期なめんな！　事件が起こらないなんて、あると思う？」

「思わん」

侑名は真顔で答えた。

「素直に認めんな！　もう！　そんな口車に乗るわけないわ！」

わたしはイライラと冷めちゃったわかめご飯を口に押しこんだ。


夕食を食べ終わってお風呂も入って、三人で談話室に行くと、テレビの前のソファーには、ちょうど三バカ先輩たちが集まってた。

ソファーには二年生のケミカル先輩と穂乃花《ほのか》先輩、四年の紺ちゃん先輩とオフ子先輩、五年のナル先輩と睦《むつ》先輩もいて、ぎゅうぎゅう。

寮内には生徒用のテレビが二台しかない。

この一階の談話室①と、四階の集会室（兼《けん》談話室②）にあるだけ。

まあ、一番面白《おもしろ》い番組やってる時間は学習時間で、どうせほとんどテレビ見れないし、寮に入った時点でテレビへの情熱を失った人も多いから、意外に平気なんだけど。

でも一応、土日は学習室での学習が強制じゃないし、居室は冷暖房《れいだんぼう》の時間が決まってるから、わりとみんな談話室に集まってる。

女子寮の暗黙《あんもく》のルールでは、四階の集会室のテレビが、ドラマ見たい人用、この一階談話室のはバラエティ用って感じ。たまに人気の歌番組とかで二台が同じの見てるときもあるけど、結構、どっちの部屋によく行ってるかで、キャラが分かれるかも。

ドラマ部屋メンバーは、なんとなく女子力高い人たちのイメージ。

それでわたしたちは、もちろんバラエティ部屋の住人。

まあ、わざわざ四階まで行くのも疲れるし。

「何やってんですか、それ」

恭緒が、しおりん先輩の隣に座りながら聞く前から、わたしの視線はテーブルの上にクギづけだった。

……三バカ先輩たちが子どもっぽいことに、とんがりコーンをアイスのコーンに見立てて、チョコミントアイスをスプーンでグリグリ乗せてる。

「じゃーん、とんがりコーンでミニアイス！　うわあああ！」

マナティ先輩が自慢げに、わたしたちに掲《かか》げて見せたとたん、アイス部分が床に落ちた。

「幼児か！」

オフ子先輩がツッコんで、

「あーあ、しょうがねえな」

寮内で一番イケメンな紺ちゃん先輩が素早くティッシュを箱ごと投げてくれながら嘆《なげ》いて、奥のテーブルで雑誌を囲んでいた高等部の先輩たちが、「バカだねー」と笑った。

「アス、これ食べな」

しおりん先輩に成功したほうのミニアイスをわたされる。

隣でユイユイ先輩が真剣に作ってるのは、侑名と恭緒の分らしい。

「アイスのコーンがしょっぱいって微妙じゃないですか？」

「いいから、アス、だまされたと思って食ってみ」

マナティ先輩が言うし、アイスがとけて垂れてきたから、一口で食べた。

「……だまされた」

「えー、おいしいじゃん！　ヒットだよ、これ」

「だいたいわたしチョコミントが苦手なんですよ、それにとんがりコーン、バターしょう油味って！」

わたしがとんがりコーンの箱をつかんで叫んだ横で侑名が、

「両方好きだけど別々に食べたい」

ってつぶやきながら口に放りこんだので、恭緒も渋々《しぶしぶ》食べて、二人して首をかしげてる。

なんていうか、味の要素が多すぎる。

「わたしらも食べさせられたんだからさ、まったく何がミス味っ子だよ」

紺ちゃん先輩がグチった。

隣でケミカル先輩も一緒にげんなりした顔作ってるけど、偏食の先輩は絶対コレ食べてないはず。

わたしはとんがりコーンの箱を持ったまま、口をとがらせた。

「食べ物で遊んじゃいけないんですよ。これも依頼者からのお礼のお菓子なんじゃないんですか？」

「お！　アス、すでにお庭番の自覚が？」

ユイユイ先輩が目を輝かせるから全力で否定する。

「違います！　全然目覚めてません！」

「これは自分のおこづかいで買ったやつだもーん。自腹のおごりに文句言うな」

マナティ先輩が全部の指にとんがりコーンをはめて言ってくるけど、無視だ無視。

侑名が満員のソファーのひじかけに座って、ユイユイ先輩に寄りかかりながら言った。

「ちょっと思ったんですけど、お庭番、どうして三年の三バカ先輩のあとが、一年生のわたしたちなんですか？　普通、次は二年生じゃあ」

「侑名するどい！　どうしてどうしてどうしてですか！」

わたしが叫ぶと、「あんたいちいち声デカい」って、睦先輩にお尻をおもいっきり叩かれたけど！

「だっておかしくないですか？　ほんと順番で言ったら次は二年生がやるべきじゃないですか。なんで隔年《かくねん》？」

わたしがこの席にいる二年生二人にロックオンすると、ケミカル先輩はとぼけてテレビのほうを向いて、人のいい穂乃花先輩は、眉毛《まゆげ》を下げて、

「ごめん、二年は人材不足」

って、両手を合わせてきた。

ケミカル先輩も思い直したように、ため息をついて言う。

「今の二年って、寮に六人だよ。人数自体少ないけど、うちらの代って不作の年なんだわ。個性がないのが個性っていうかさー、ハザマの世代っつーの？」

「悲しいけど、こればっかりはしょうがないよね」

「わたしたちが力不足なせいで、あんたたちには苦労かけるね」

ケミカル先輩と穂乃花先輩は、手に手をとって、おおげさな泣き真似《なまね》を始めた。

恭緒は苦笑いしてるけど、

「そんなのにごまかされませんから！」

わたしが両手を握《にぎ》りしめて言うと、ケミカル先輩はウソ泣きを止めて、「マジ、ごめーんね！」って軽く言って、穂乃花先輩もマナティ先輩が差し出した素とんがりコーンを食べながら笑顔になる。

「むかつくー！」

「そこは『キーッ！　むかつくー！』くらい言ってくんないと、つまんないよ」

ソファーにふんぞりかえった紺ちゃん先輩が言ってきて、「そんなサービス精神ないです！」って、わたしがキレたそばから、

「キイィーッ！　むかつくぅぅう！！！」

侑名がTシャツのすそを噛んで超おおげさに女優してみせたから、先輩たちが床にずり落ちて爆笑《ばくしょう》。

「侑名、見えてるよ」

保守的な恭緒が侑名のTシャツを引っぱり下ろす。

紺ちゃん先輩が、ソファーで社長みたいなポーズのまま目を細めた。

「ほら、いいじゃん。あんたたち一〇一って、なかなかのトリオだよ。お庭番、おためしと思って引き受けちゃいな」

「そんなたいしたトリオじゃないです！」

洗いたての髪が乾くくらい首を横にふっても、なんか先輩たちはみんな団結して、妙《みょう》に悟《さと》ったような笑いを浮かべて頷《うなず》くばかり。

キモいんですけど！

今までそんな参加してこなかったナル先輩が急に立ち上がって、わたしをまじまじ見てきた。

「トリオかー、ガールズグループとして見てさ、美少女で変わり者の侑名と、スポーツ万能《ばんのう》で少年っぽい恭緒はいいとして、お調子者のアス、あんた見た目のキャラ弱いんだよね」

「は？」

「キャラづけだよ。侑名がストレートロングで、恭緒はショートだから、とりあえず元気者のあんたはボブやめてツインテールとかにしてみる？」

ナル先輩にアゴまでの長さしかない髪をムリヤリわしづかまれて、わたしは悲鳴を上げた。

「やめてください！　これおばあちゃんからの入学祝いの縮毛矯正《きょうせい》！」

いつの間にか隣のテーブルに避難《ひなん》してたオフ子先輩が、足を組んだままエラそうに口をはさむ。

「ナル先輩、そんなだから、もう十七歳なのにデビューできないんですよ。アイドルの何を研究してんですか？　センターは無個性な普通っ子って決まってるでしょ。アスなんて、ぴったりじゃん」

「ひどい！」

普通にひどい！

オフ子先輩は、とにかく一言多い。

入寮したての頃は『もめごと製造機』って言われてたってくらい。

オフ子先輩の発言が原因で頻発《ひんぱつ》するケンカにウンザリした寮監先生が、「村井《むらい》さんは悪気はないんだから、あの子の言うことは、何割引きかで聞き流しなさい」って指導したことから、あだ名がオフ子になったんだって。

不思議なことに、オフ子って呼ばれるようになってからは、争いは減ったっていうけど。

オフ子の言うことならしょうがねえみたいに。

そう考えると、名前って重要。

って今はそういう話じゃなくて！

オフ子先輩のセリフにわたしよりダメージを受けて背中におぶさってきた、長年アイドル志望のナル先輩を振りほどきながら叫ぶ。

「キャラ設定とか考えてくれなくていいです！　どうせわたしたち引き受けないから！」

「まあまあ、そう言わずに。一〇一には期待してるよ」

睦先輩が恭緒の肩をもみながら、ニヤニヤする。

「とかって、遊んでたらこんな時間じゃん！」

そう言った紺ちゃん先輩が勢いをつけて立ち上がって、

「やばい、あと四分で学習時間だ！」

穂乃花先輩が、お菓子の袋《ふくろ》を素早く輪ゴムでとめる。

誰も見てなかったテレビを恭緒が急いで消して、いっせいに談話室を飛び出す。

勉強道具を取りに自分たちの部屋にダッシュだ。

まったく！

こんなに時間に縛《しば》られてたら、ゆっくり悩むこともできやしない！

九月四日（水）
「お庭番って、かっこいいじゃん。隠密《おんみつ》活動だよ、お・ん・み・つ。アスー、あんたこの響《ひび》きにドキドキしないとかマジ気は確かか？」

マナティ先輩に両腕《りょううで》をつかんでガクガク揺《ゆ》さぶられて、わたしはめまいがした。

今日の限られた自由時間のターゲットは、三バカ先輩！

部屋隣だし。

放課後、帰って来た侑名を引き連れて、そっこー一〇二に乗りこんだ。

だいたい、いきなり最初から芳野先輩と盟子先輩っていうラスボスんとこ行ったのが間違《まちが》いだった。寮長・副寮長を説得できる人なんて、六年生にだっていない。

「昔で言ったら忍者の役目だって！　くのいちに憧《あこが》れないなんて女じゃねえよ」

しおりん先輩が言い切った。舞妓さん目指してる人がなぜ忍者に憧れるの？

「残念ながらわたし、歴女《れきじょ》じゃないし、どっちかっつーと新しモノ好きなんです」

わたしが言い返すと、しおりん先輩はこの暑いのにきっちり正座したまま、アメリカンに両手を上げて見せて、興奮したユイユイ先輩が仁王立《におうだ》ちになった。

「なんでそんなかたくなに拒否るかなー。わたしらなんか聞いた瞬間引き受けたよ。つうかむしろ食い気味だったね！　だってわたし、じいちゃんと一緒に『三匹《びき》が斬《き》る』とか超見てたし！

お庭番！　隠密！　マジしびれるし血が踊《おど》るー！」

……。

……忘れてたわ、この人たちは芳野先輩たちとは別の意味で強敵だった。

目の前に来たユイユイ先輩の短パンの生足をぼんやり眺めながら、わたしは沈黙《ちんもく》する。

「ていうか、みんなの前で指名されるって、もうオンでもミツでもないですよね」

冷静にツッコんだ侑名の口からたれてるタコ糸を、ユイユイ先輩が引っぱる。

「そんな生意気言うやつはアメ返せ！」

「やめて！　こわい！　侑名の歯が取れちゃう！」

なぜか超怯《おび》えたしおりん先輩が止めに入って、当の侑名はヨダレをこらえてウケ出した。

マナティ先輩も盛り上がって口から出した糸付きアメを振《ふ》り回《まわ》すし、それを避《よ》けながら力なく笑ったわたしの口からも、タコ糸がたれてる。

まったく真剣味がない。

部屋に来たとたんすすめられたアメは、こういう時は辞退すべきだった。

口からタコ糸たらしながら、真面目な話ができるかっつーの。

この部屋で、少なくともわたしだけは超真剣なんですけど！

そうじゃなくても三バカ先輩部屋の一〇二号室は、壁に舞妓さんと海の絵や写真、それにユイユイ先輩がライフワークとして描《か》いてる擬人化《ぎじんか》したアリの巣の絵がベタベタ貼《は》ってあってカオス。……ちょっと待って、しおりん先輩とマナティ先輩が出て行っちゃったら、壁はアリの巣の絵のみで埋《う》め尽《つ》くされるわけ？　もっとカオスだ。

「ギャー髪の毛にアメがついた！！！」

「あっはは！　バカじゃね！」

自爆《じばく》したマナティ先輩が赤いアメを頭にくっつけたまま部屋から飛び出していったタイミングで、わたしは我慢《がまん》の限界でユイユイ先輩にタックルする。

「ちょっと、ちゃんと聞いてくださいー！」

「聞いてるって！　でもいいじゃん、幕府で言ったら、お庭番って役職だよ。ほかのみんなは、ヒラなんだから。やったぜ！　出世！」

「わたし全然ヒラでいいですから！　なんなら一生一番下《した》っ端《ぱ》でお願いします！」

「でもさアス、来年はわたしたちにも後輩《こうはい》ができちゃうよ」

ユイユイ先輩とわたしがもみあってる横で、侑名が口から糸をたらしたまま言ってくる。

おまえはどっちの味方なんだ！

しおりん先輩が急にしゃんとした正座に戻って意味ありげな顔をした。

「あんたたちの部屋が寮監先生たちに、なんて呼ばれてるか知ってる？」

「え？」

「知らないです」

わたしと侑名が顔を見合わせると、

「『無風地帯』だよ！」

髪をビッショビショにして戻ってきたマナティ先輩が叫んだ。

「は？　なんすか、それ。気象関係？」

わたしは面食らって、ニヤニヤしてる三バカ先輩の顔を順番に見て、最後に侑名を見たけど、侑名は意味がわかったのか、ちょっとウケた顔なんかしてる。

「入学してから一回もトラブルがない部屋、一〇一だけだよ」

「ねー、やっぱ余裕のある人んとこに、仕事は振られんだよ」

「一〇一って、なんか安定してんだよね、年頃《としごろ》の女子にしては」

自分だってバリバリ年頃の女子のくせに他人事《ひとごと》っぽく批評してくる三バカ先輩に、とっさに返す言葉がない。

無風地帯って……なに？

風がないってことでしょ。たしかにうちの部屋はケンカもないし、まだ誰も泣いてないし、波風立たない部屋だけど。

それっていいことでしょ、いいことが裏目に出ちゃうとか、ひどくない？

「無風地帯って、わたしたちのおだやかさにつけこまれたってことですか？　でも、もっとお庭番に適任っていうか、人のことに首つっこむのが好きなやつがいるじゃないですか！　杏奈とか珠理とか杏奈とか！」

「なんで杏奈二回言った？」

わたしの全力の訴えに、ユイユイ先輩が超ウケて、しおりん先輩が腕組みして厳《おごそ》かに宣言する。

「おせっかいをおせっかいなやつにさせたら、目も当てられないって」

「そうですね」

侑名がクールに同意したから、わたしもヤケになって声を張り上げる。

「はいはい！　そっすねそっすねー！」

とたんに、しおりん先輩にスパーンと頭をはたかれた。

「いったー！　なんでわたしだけ！」

「アスってなんかツッコミ待ちみたいな顔してるから」

「してないし待ってません！」

マナティ先輩が前髪から水を、口から糸をたらしながら、急にまじめな顔で、

「二〇一一にお庭番なんかまかせたら、ブッチの体重が何キロあったって足りないよ」

って言った。

そう言われちゃったら、そうなんだけど。

わたしだって、一年生の全部の部屋をお庭番の候補にしろなんて言わないもん。人には事情がある。

でもわたしにだって、事情がある！

「ウダウダ言う前にとりあえずやってみ」

しおりん先輩が立ち上がって言って、

「そんでやっぱイヤなら、そんとき代わってもらえばいいよ」

マナティ先輩が、わたしの肩をポンポンしてくる。

ユイユイ先輩が侑名の肩を馬跳《うまと》びして叫んだ。

「そんなことよりメシだメシだー！」


「そういうわけで今日も進展なし」

恭緒に三バカ先輩部屋訪問の報告をし終わって、浴場の壁の時計に目をやると、もう七時四十三分。

「なんていうか、おつかれ……」

のぼせ気味の顔で恭緒が言ってくれて、全然疲れてない侑名が明るく、「言うの忘れたけど、恭緒の分の糸付きアメ、ティッシュにくるんで机に置いてあるから」とか、どうでもいいこと伝える。

「ありがと。部活ばっかで一緒に動けなくて、ごめんね。どうせわたしがついていっても、気の利《き》いた援護射撃《えんごしゃげき》とかできないけどさ」

恭緒が言いながら、湯船の反対側で潜水中のマナティ先輩を見た。

頭のてっぺんで結んだ髪の毛しか水面に出てないから、今、話しかけてもムダだ。

マナティ先輩は潜水士になるって決めた日から、毎日お風呂で息止め練習してる。

先輩は、ふざけ屋だけど、頑張り屋でもあるのだ。たぶん。

練習の成果で最近は、ちょっと生きてんのか心配なくらい長く潜《もぐ》ってるし。

なんだか気が抜《ぬ》けてマナティ先輩の微動だにしない頭を眺めてると、浴場の扉《とびら》が開いて、まさな先輩が入ってきて髪を洗い始めた。

「まさな先輩、いそいでー。あと十四分で学習時間になっちゃう」

侑名が声をかけると、まさな先輩は泡《あわ》だらけの後ろ向きのまま、こっちに手を振ってみせる。

「そういえば、まさな先輩、レイコ先輩ってばひどいです！　レイコ先輩まで、わたしたちのお庭番に賛成とか！　あれ、ほんとですか？」

わたしが集会のラップ音を思い出して責めると、シャワーで一気に泡を流したまさな先輩は、ふり返って鬼太郎《きたろう》みたいになったボブの髪の毛の間から目を出して笑った。

「うん。アスたちだって聞いたでしょ、あの合図」

「ラップ音は聞こえましたけどー。賛成じゃなくて『異議あり！』の意味かも」

この寮で霊感《れいかん》があるのは、レイコ先輩と同室のまさな先輩と、副寮監先生だけだから、不正があるかもしれないし！　って思ったんだ。

……この数日で人間不信になった気がする、わたし。

まさな先輩の白くて細い背中を口をとがらせて見つめてると、すさまじい水しぶきをあげながら、マナティ先輩が浮上《ふじょう》してきた。そのまま荒い息で、「失礼、失礼！」って言いながら、わたしたちの真ん中を突っ切《つき》って、脱衣所《だついじょ》に出ていく。

自由すぎる。あの人たちの後釜《あとがま》とか、ほんとムリ。

猛《もう》スピードでトリートメントも終えたまさな先輩は、体を洗い始めながら後ろ向きのまま言う。

「賛成の意味だよ。芳野先輩が全体集会で言ってた『総意』には、レイコ先輩の一票も入ってる」

「レイコ先輩とか、一票の重みが違うんですよ……」

レイコ先輩は、かなり昔に亡《な》くなった寮生ってウワサで、それってすごい年上で大先輩ってことだから、みんなから敬われてる。歳は永遠の十七歳《さい》だけどね。

「えー、レイコ先輩に推《お》されるとか、なんかテレるんですけど」

侑名が言ってニヤニヤして、恭緒も何も言わないけど、のぼせた顔をよけい赤くした。

まずい、喜んでるよコイツ。

恭緒は意外にも怖い話が好きで、レイコ先輩とまさな先輩のファンだから。

三〇六号室は特別な部屋なのだ。

女子寮では中等部の三年生までは基本、三人部屋。

四年生以上の高等部になったら二人部屋になる。

幽霊が出るからって、長い間ずーっと空き部屋になってた三〇六号室は、今は、五年のまさな先輩が一人で使ってるってことになってる。

でも、実はほんとはちゃんと二人部屋なのだ。

幽霊のレイコ先輩と同室でうまくやってる、まさな先輩も、当然寮生みんなに尊敬されてる。

レイコ先輩は悪霊《あくりょう》じゃなくいい幽霊だけど、幽霊と平気で同室って、やっぱすごいもん。

「もちろんわたしも、一票入れた。一〇一が適任だと思うよ。あー、もう湯船につかる時間ないや。ほら、あんたたちも早くあがんないと間に合わないよ。罰日食らいたくないでしょ」

まさな先輩にせかされて、わたしたちはあわてて湯船から立ち上がった。

窓枠《まどわく》に腰《こし》かけた侑名が外に手をのばして、夜回り中に立ち寄ったミルフィーユ先輩をなでてる。


「蚊《か》が入るから、閉めてー」

ベッドから身を乗り出してわたしが文句言うと、侑名は名残惜《なごりお》しそうにミルフィーユ先輩に手を振って窓を閉めた。

「あーあ、今日も結局進展ゼロ！　つうかマイナス。ほんと、どうしよ。このままじゃマジでわたしたちがお庭番だよー」

わたしはベッドの上を転げ回った。

隣のベッドでうつぶせで英単語を見ていた恭緒が、顔を上げた。

恭緒は成績がすごくいいわけじゃないけど努力家だから、えらい。

部活で疲れて今も半目なのに、わたしの暴れとグチに反応してくれる恭緒は、

「無風地帯かー」

って、つぶやいた。あっ！

そうだ恭緒は無風じゃないじゃん！　余裕じゃない。

恭緒の疲れて眠い、元気のない顔で、わたしは思い出した。

逢沢学園は、特技があるとか頭がいいとかのほかにも、事情がある子も受け入れてる。

そして寮には、家庭に問題がある子っていうか……家にいないほうがいいって人も入寮してる。

恭緒みたいに。

「ライト消していい？　まだ勉強する？　恭緒」

侑名が声をかけて、「んー、いい。もう限界」って恭緒が眠い声を返した。

「アスもいい？　消すね。しょーとー。おやすみー」

「おやすみー」

「……おやすみ」

暗くなった部屋の中で天井《てんじょう》を見ると、夏休みに帰省する時、侑名とわたしに寮監先生が言ったことが急に浮かんできた。「宮本さんのことだけど、夏休みが終わって寮に帰ってきたら、ちょっと疲れてるかもしれないけど」って。

「疲れてるかもしれないけど」どうしてあげて、とかっていう言葉が続かないから、あの時、わたしと侑名は、「はあ」って生返事して顔を見合わせるしかなかった。

それでも、夏休み最終日に帰寮《きりょう》すると、寮監先生の言葉の意味が、なんとなくわかった。

一ヵ月ちょっと会わなかった恭緒は、少しヤセて、少しよそよそしく、わたしたちは少し最初からやり直さなきゃいけなかった。少しだよ。

　ほんと、少しだけど。

九月五日（木）

「アス、なかなかねばるねー。今日は寮監先生に直談判？」

　管理室のドアの前でノックのグーを握りしめて立《た》ち尽《つ》くしてるわたしに気づいて、帰寮した穂乃花先輩が声をかけてきた。さっきからもう、通りかかった先輩三人に、意味ありげに笑われてる。

　はいはい、さぞかしこっけいでしょうよ！

　はー、四時半の玄関脇《わき》は人目が多すぎるんだ。

　よし！　行く！

　今日はもう木曜だ。もう一週間の半分きちゃった。

　このままおとなしくしてたらすぐ次の月曜で、わたしたちはお庭番……。

　深呼吸して、ついにノックしようとした瞬間、ドアが開いて、ミルフィーユ先輩のおやつの袋を持った副寮監先生と鉢合《はちあ》わせした。

「ああ、戸田さん、どうしたの。寮監先生に用事？」

「えっ！　ええっと、用事っていうか、えーっと、お話がありまして。寮監先生と、できれば副寮監先生にも」

わたしは不審者《ふしんしゃ》丸出しに、超コソコソ言った。

「そう。じゃあ、入って。寮監先生、戸田さんの訪問です」

べつに人目を気にする必要なんかないんだけど。

侑名と恭緒に相談しないで一人で来たのは、なんとなくだから。……なんとなく？　でもないか、なんとなくじゃないのかも。恭緒のことを話すのに、恭緒とは一緒に来れないし、そうじゃなくてもあの子は今日も今頃《いまごろ》部活だし、侑名は……侑名は、恭緒のことをたぶん特別とは思ってない、から、侑名には恭緒の事情は、お庭番免除の理由にはならないはず。

だけど、お庭番をほかの部屋に代わってもらうには、恭緒のことを理由にするしかないと思う。

わたしは部屋の奥から出てきた寮監先生に見えないように、両手を握りしめた。

昨日寝る前には、もうこれしかないって思ったし、絶対ちゃんとした理由になるはずなのに、ここに来たら、この妙に後ろめたい感じって、なに？

「そこのソファーにどうぞ。戸田さん、冷たい緑茶飲む？　ほんとに今日も暑いったら。年々夏が長くなってる気がする。昔は二学期が始まる頃にはもう少し暑さも落ち着いてたのに」

寮監先生がわたしの返事も聞かずに、お茶をついでくれる。

「い、いただきます」

わたしはグラスを持ち上げながら、管理室の奥の寮監先生たちのスペースを眺めた。

この部屋冷房効いててズルいな。みんなの部屋は、決まった時間にいっせいにしかエアコンが入らない。まあ、寮監先生の年齢《ねんれい》に暑さはキビシイだろうから、しょうがないか。

副寮監先生が戻ってきて、寮監先生の隣に座った。

寮監先生と副寮監先生って、ふだん二人で、どんなこと話してるんだろ。

だって、年の差が、ええと、寮監先生が少なく見て六十歳でしょ、で、副寮監先生は、大学出て二年目だから、二十四とか？　六十引く二十四が三十六。わたしが十三歳で三十六足すと、四十九。ほら、四十九歳の人となに話せばいいかなんて、ぜんっぜんわかんないし。それに二人は、歳だけじゃなくて全部が違いすぎ。寮監先生は、わかりやすいおばさんパーマに、がっちりした体で、すごい、現実派っていうか、ちょっと小学校のおばさん先生っぽい。副寮監先生は、ちょっと三バカ先輩系の和風のすっきり顔で、長い髪をいつもきっちり一本にまとめてる。青白くヤセてて理系にも見えるし、反対に文学少女にも見える。寮なんかじゃなくて、白衣着てる仕事か、本屋とか図書館とかにいるほうが似合うって言われてる。二人が共通の話題で盛り上がるとか絶対ないと思う。あ、あるか、わたしたちの悪口とか。

「それで、話したいことって？　お庭番に推薦されたことの関係でしょう」

「戸田さんが、すごく戸惑《とまど》ってるっていうのは、わたしも聞いてるけど」

寮監先生と副寮監先生に直球で聞かれて見つめられて、わたしは寒くもないのに両手で太ももをゴシゴシこすった。つうか、ぜんぶ筒抜《つつぬ》けかい！

「……あの、無風地帯って」

「あ、聞いた？」

副寮監先生が、バレたか、って顔で笑って、

「『無風地帯』って最初に思いついたのは、後藤《ごとう》さんなんだけどね。あの子本当にセンスある」

って言った。隣で寮監先生もうなずく。

小久良《さくら》先輩のしわざか！

ネーミング王との呼び声高い二年の小久良先輩は、小説家志望で、すごく言葉が得意。

でも今はそれは置いといて、

「わたしたち、無風とか、そうでもないと思うんですけど」

わたしは早口に言って、寮監先生がなにか言う前に続けた。

「わたしたちっていうか、少なくとも恭緒は。そんなに気持ちとかに、余裕があるわけじゃないっていうか、いろいろ大変だから」

一気に言うと、先生たちは顔を見合わせた。

寮監先生が夏休みの間もずっと寮にいたのは、ミルフィーユ先輩の世話のためだけじゃない。

寮生には、夏休み中、家に帰れない人もいるからだ。

恭緒だって、恭緒もその一人なのに、それでも、一〇一って無風地帯？

寮監先生は、正面からわたしを見た。

「宮本さんは寮内では何の問題もないでしょ。積極的なタイプではないけど、親切だし、みんなに好かれてるじゃないの。戸田さんと藤枝さんとも気が合うようだし」

うなずくしかない。

寮監先生は、大事なことを言う前の、いつもの癖で、せいいっぱいの、でもチェシャ猫《ねこ》みたいな怖い笑顔を作った。口調が強くて声がデカいから、なにを言っても叱《しか》ってるみたくなるのを自覚してて、これは怒《おこ》ってるんじゃないですアピールなのだ。

「それに宮本さんみたいな子は、今は自分のことや家のことを考えすぎないで、ほかのことに打《う》ち込《こ》んでるほうが、楽だと思う」

寮監先生の言葉に副寮監先生がうなずいて、わたしを見る。

「そう……かな。そうかもですけど……」

続ける言葉が思いつかないでいると、外で誰かの「ただいま帰りました」が聞こえて、飛び上がる。

恭緒のこと、寮監先生たちより、同室のわたしのほうがわかってるはずだし、管理室に黙って来たのは、裏切りなんかじゃない。

なのに、それなのに急にこの卑怯者感《ひきょうものかん》？　気分が悪くなってきたのは、なんで？

わたしはあわてて、手に持ったままでぬるくなってきたお茶を一気飲みした。

「ええと、やっぱいいです、なんでもなかったです。ごちそうさまでした！」

気まずさマックス！

わたしは、まだなにか言いたそうな二人の視線をガンガン感じながら、空になったグラスを洗いに勢いよく立ち上がった。

管理室の小さい流しで蛇口《じゃぐち》をひねると、食器置きの湯のみが目に入る。副寮監先生がデブ専とウワサされる元凶《げんきょう》になった、お相撲《すもう》さん柄《がら》の湯のみ。

！　『人のフンドシで相撲をとる』だ！

このモヤモヤや気持ち悪さは、人のパンツをはいてるからか！

恭緒の事情を自分用に使うのって、良くない。良くなかった。

わたしはグラスを力を入れて洗った。わたしの痕跡《こんせき》が一コも残らないように。

「戸田さん、『情けは人のためならず』ってことわざ、知ってる？　最近は意味を間違えて覚えてる人が多いみたいだけど」

寮監先生に急に質問されて、わたしは手を拭《ふ》きながらビビった。

ここで、ことわざ出してくるとかエスパーか！

でもたぶん偶然《ぐうぜん》だろうし、必死に思い出す。

「あー、クイズ番組でやってました。ええと、情けをかけるのはその人のためにならない、って意味じゃない、ってやつでしたっけ？」

「そう。人に情けをかけるのは結局は自分のためになるっていうのが正解。……長いこと、ここで寮生のことを見てて、人助けっていうのは、人のためだけじゃなくて、自分のためになることも、あるんじゃないのかなって。まあ、わたしがおせっかいしなくても、一年生も卒業するまでには同じような考えになると思うけど」

寮監先生が言って、もう帳簿《ちょうぼ》っぽいノートを持ってきて自分の仕事に戻ろうとしてた副寮監先生が、立ったまま目を細めた。

「お庭番って、わたしの在学中にもあってね、クラスで一番仲良かった子が、その時のお庭番だった。すごく楽しい子で、すごくいい思い出」

そういえば、副寮監先生は、この学園の卒業生だ。寮生ではなかったけど。

ああ、なんかすごくいい話っぽくて、ふだんのわたしなら、その話、超くわしく聞きたいよ。

でも今は、今はツッコんで聞いたら負けだ。

このタイミングで感動とかしたら、お庭番、ますます断れなくなる。

わたしは、あいまいな笑顔を浮かべるしかない。

たぶん超アホっぽい顔になってる今。

寮監先生も立ち上がって、スカートのシワをパンパンって伸ばした。

「わたしたちが言えるのは、お庭番になった子たちは、みんな楽しんでたし、あなたたち一〇一号室の三人も、きっとそうなると思うってことだけ」

「あー……」

わたしはヘンな声でうなっちゃってから、あわてておじぎをした。

「聞いていただいて、ありがとうございました！　ちゃんと考えます！　おじゃましました！」

とりあえず退散だー！


今日の夕食メニューは、白身魚のカレー焼き・さつまいものサラダ・デザートにみかんゼリー。ヘルシー！な感じする。

「さつまいものサラダって、なんか女子っぽい食べ物だよねー」

わたしが言うと、恭緒が口にご飯をつめこんだまま、「ん？」って顔で首をかしげて、侑名が自由人っぽくゼリーから食べ始めながら、

「でも男子寮もおんなしメニュー食べてるんだよねー。そして男子寮といえば若旅《わかたび》先輩ってスイートポテト作るのが超上手《うま》いらしいよ。睦先輩が自慢してた」

って新情報出してきたから、わたしたちは男子寮寮長の若旅先輩の、お菓子作りとは縁遠《えんどお》いクールな姿を思い出してニヤニヤした。

侑名は中身が小学生男子だから、何味のでもゼリーがあれば超ごきげん。

ちなみに恭緒の好きな食べ物はツナ、わたしはランチパック。庶民《しょみん》派三人組。

はー、やっぱ「食」って大事だわ。

夕食が好みのメニューってだけで、お庭番への恐怖も、さっきまでのモヤモヤも薄くなるってもんだ。

おいしいは正義！　って、白身魚を箸で切った時、隣のテーブルの声が大きくなった。

「あんたマジうるさい！　ていうかマジ頼《たの》む、一回黙って！」

「はあ？　なんであんたに命令されなきゃいけないわけ？」

「耳悪いんじゃない？　命令じゃなくて、お願いしたんですけど！」

珠理と杏奈だ。

どうせケンカになるんだから離《はな》れて座ればいいのに……。

杏奈も珠理も一番仲良い子がブッチなもんだから、結局三人組で行動してはケンカになる。

ネーミング王の小久良先輩いわく、「やっかいなトライアングル」。

珠理と杏奈のケンカは女子寮ではすっかり日常だから、わたしは気にせず食事にもどろうとしたけど、やさしい恭緒は箸を持つ手を下げた。

侑名はもちろんゼリーに集中してるから、しょうがなく、わたしが隣に声をかける。

「どしたの?」

こっちを向いた珠理は、すごい勢いで杏奈を指さした。

「杏奈がでしゃばりなんだよ。ブッチがクラスのやつに言い返せないからって、うちらが出ていったら、よけい状況悪くなんのがわかんないとかコミュ障じゃね?」

「だって悪いのはどう考えたって向こうでしょ!」

「はいはいあんたはいつでも正しいよ! でも人の気持ちがわからないんだよ」

食堂のおばさんたちもこっち見るくらいに二人の声が大きくなって、ブッチが泣きそうな顔になる。

「杏奈も珠理も、もういいから……」

とりなそうとするブッチに、

「もとはと言えばブッチが情けないからじゃん！」

って、杏奈がキレる。

珠理も箸をテーブルに叩きつけて叫んだ。

「だったら自分で言い返すために十キロやせて出なおしてこい！」

「十キロじゃ足りないでしょ」

通りかかったオフ子先輩がこのタイミングでダメ押ししてきて、ブッチは大きい体を精一杯縮めた。

「あの二人、ブッチへの友情が完全に空回りしちゃってるよね……」

恭緒がわたしだけに聞こえる声でつぶやいた。

たしかに珠理と杏奈のブッチ愛は強い。

そして寮内では、あの二人に挟《はさ》まれてるっていう同情票もあって、みんなかなりブッチにやさしい。

だけど、学校ではブッチ、まだ上手くやれてはないみたい。

杏奈と珠理がブッチって呼び始めなかったら、わたしたちは今でも大人しいブッチのことを、あだ名じゃなく鰐淵《わにぶち》さんって呼び続けてたかもしれないなって、急に思った。あんましかわいいあだ名じゃないって言う人もいるけど、ブッチの小学生の時のあだ名はブッチャーだからブッチのが全然マシだと思う。

ブッチの沈《しず》んだ表情にヒートアップしてた二人が黙って、食堂のあちこちで、ため息やご飯に戻る食器の音がしだした。

目が合った紺ちゃん先輩がわたしに眉を上げてみせて、ちょうど入ってきた三〇一号室の三人のうち、空気を察した田丸《たまる》が、ブッチたちのほうに心配そうな顔を向けた。

ビンゴ！　さすが田丸、勘《かん》がいい。

恭緒は気まずい顔で、たぶん、あとでブッチをどう慰《なぐさ》めようか考えてる。

侑名はいつのまにかケミカル先輩にもらった二個目のゼリーを真顔で食べてる。

騒ぎが一段落したのを見はからって、ブッチのとこに、おかず全種類を置いてきたケミカル先輩が、テーブルに着きながら、わたしたち三人に言う。

「とりあえずブッチたちの二〇一が、お庭番なんか頼まれてる場合じゃないってのは、あんたたちにもわかるでしょ」

「………」

二〇一号室の今までが走馬灯《そうまとう》。

恭緒が悲壮《ひそう》な顔をして、侑名が上唇《うわくちびる》をなめながら笑って、わたしは小声で反論した。

「一年生の部屋は、あと二部屋あります」

「じゃあ遺恨《いこん》を残さないために、一年生全員で会議でも開きな」

いつのまにか、わたしたちのテーブルに手をついて、紺ちゃん先輩が、きっぱり言う。

「先輩たち聞こえてます！」

聞きとがめた杏奈が、相手が先輩でも、きっつい声で言ってきてヒヤリとする。

「しようよ会議。わたしだって、あとからアスにギャーギャー言われんのヤだし」

珠理が言ってきて、わたしは思わず立ち上がった。

「なにそれ、感じワル！　なんでわたしだけ？」

「お庭番拒否って騒いでんのアスだけじゃん。侑名と恭緒はなんも言ってないし！」

！！！

「むーーーー！」

恭緒に引っぱられて、わたしは不満の声だけ出してドスンって座った。

珠理の後ろで、ブッチがオロオロしてるのが見えたから。

……あと、まあ、図星だから。

点呼前にトイレに行って部屋に戻ろうとしたら、イライザ先輩が相変わらずの不機嫌顔で帰って来た。

「あっ、おかえりなさい」

「……ただいま」

イライザ先輩はピアノの特別生で、平日の夜八時から十時の学習時間を免除されてる数少ない生徒の一人だ。でも、免除でも全然うらやましくない。授業以外の起きてる時間のほとんどをピアノひき続けるくらいなら、二時間勉強するほうがマシだもん。

夜の学校の音楽室とかマジ怖いし。

壁に貼りついて道を開けたのに、イライザ先輩は、通りすぎずに、みんなの羨望《せんぼう》の的のほっそい肩にトートバッグをかけ直して、わたしに並んだ。

ん、なに？

「お庭番のことだけどさ、ほんとに無理なら断りなよ。芳野先輩や盟子先輩は、絶対ヤだっていうのを、強制するような人たちじゃないから」

！

わたしはイライザ先輩に抱《だ》きつきたいのを、すさまじい精神力でガマンした。

それやったら、絶対ぶたれるから。

かわりに両手で自分の二《に》の腕《うで》を全力で抱きしめたから、イライザ先輩がキモって顔をしかめて後ずさる。

ああ、でも、おめー頭おかしいんじゃねえの？　って表情してても、イライザ先輩は本当はやっぱ、すごくやさしい。みんな面白がってイライザって呼ぶし、超ぶっきらぼうなのは地だけど、眉間のシワはバリアなのだ。美人で性格もいいとなったらモテすぎてウザいですもんね！

わたしの熱いまなざしに引いたのか、自分の一〇三号室に向けてじりじりリードしながら、イライザ先輩はいつもの冷たい声と言い方で付け足した。

「みんな気にかけてんだよ。いちおう、責任があるからさ、上級生みんな。選出した者として」

「イライザ先輩！　ご心配、ありがとうございます！」

「声デカい」

「はい！　すいません！」

イライザ先輩が最後に最高に凶悪《きょうあく》な表情を浮かべて、自分の部屋に入ったのを見送って、我に返る。

アメとムチってこういうこと？

やっぱい！

九月六日（金）
小学校の時、金曜日校門を出る瞬間はいつも、なんか忘れてんじゃないかってソワソワした。

家で洗わなきゃいけないもんとか置きっぱじゃないかなとか、友達に言い忘れたことなかったっけ、とか。

でも寮だと、金曜日のそーいう気持ちってないな。

だって、忘れ物したって、校舎までダッシュで一分だし、帰ってからだって友達と夜中までしゃべれるんだから。

それより！　そんな金曜日の感傷のこととかより！

今日は急遽《きゅうきょ》開かれることになった女子寮一年生会議だ！

七時の集合までに、入浴も夕食も超特急ですませなきゃ。

その前に、みんなをどう説得するか、精神を統一して脳内会議。

わたしのディベート力で、これからの学園生活の平穏度が決まる！

学校の、寮とはくらべものにならない雑な掃除を超特急で終わらせたわたしは、教室を飛び出した。

とこまではよかったんだけど、ゲタ箱の前でつまずいて、奇跡的《きせきてき》に転ばず持ちこたえたら、ファスナーを閉め忘れたリュックの中身が全部ぶちまかった。

……ほんと、わたしって……わたしって！

「一日に何回やらかしてんだよ」

教科書をかき集めてるわたしの頭の上から声がした。

顔を見なくても、声とセリフで誰だかわかる。よって、無視だムシムシ。

「学校の池に落ちるバカって女でもいるのな」

「数納《すのう》！　あんた、この状況でそれを言うか！　女子が困ってるんだから拾えよ！」

わたしがキレて頭を上げると、予想通り、数納周《あまね》がニコリともしないで見下ろしてて、自分のジャージ姿がよけいミジメになった。

やっぱ五時間目に遅れてでも、寮に着替えに戻るんだった。

でも、昼休みに一緒に池に落ちたマコちんと倉田《くらた》さんは寮生じゃないし、自分だけさわやかに替《か》えの制服に着替えるのもなって思って……イチレンタクショウってやつだ。

「あんたそう言うけどね、わたしら、ふざけてて落ちたんじゃなくて、池のふちでしゃべってたらボールが飛んできたんだもん、事故だよ、事故！　なんなら被害者《ひがいしゃ》！」

「どうせボール、当たってないんだろ」

「………」

「トロいんだから、はじめっから、そんな場所でしゃべってんなよ」

次々ムカつくこと言ってきながらも、数納は傘立《かさた》てのとこまで転がってってたペンケースを拾ってきてくれた。

しかーし、一個モノを拾ってもらったくらいじゃ、わたしの心の氷は溶《と》けんぞ。

「……帰ったら侑名に、数納にいじめられたっていいつける」

「どうぞ、よろしく。ついでに渡《わた》しといて、これ。忘れもん、藤枝に」

数納は、ダメージゼロの顔で、見覚えのあるきれいな字が表紙に書かれたノートを差し出した。

ノートは受け取ったけど、くやしいから、なんか言い返したい。

「自分で届ければ侑名と話すチャンスじゃん。今の時間ならまだ、図書館にいるよ」

「そんな口実作らなくても、普通に話してるから」

「かわいくねー」

数納はわたしの言いがかりに、黙って首の骨を鳴らしてみせた。

数納が侑名のこと好きなこと、わたししか気づいてないのって、信じられない。

こんなに、わかりやすいのに。

わたしラブっぽい話は好きだけど、ぜんぜん鋭《するど》いほうじゃないのに。

数納は、侑名とは同じクラスで、たしかに普通にはしゃべってるみたいだけど、あの子は中身が小学生男子だから、恋愛《れんあい》とか頭になくて、しいて言えば、二年生のヨーヨーチャンピオンの人のファン。ヨーヨー上手いとか、すごいけど、それとこれとは別じゃね？

……まったく、あれだけかわいいのに、もったいない。

わたしは、数納のことをまじまじ見てみた。

侑名とつりあうほどじゃないけど、数納って客観的に見れば、まあまあ、かも。一重《ひとえ》で目尻《めじり》が上がってるのが怖くて、アイドル顔じゃないけど。唇が赤いのが妙に色っぽいって、うちのクラスの子たちが騒いでた。みんなどこ見てんの！　って、それには賛成しないけど、とにかく、毒《どく》舌《ぜつ》だけど頭がキレてしっかり者で、男子寮でも早くも未来の寮長候補って言われてるらしいし。

「って、数納あんた男子寮じゃん！」

「は？　おまえ池落ちで頭打った？　九月にもなって今さら何言ってんの？」

「そうじゃなくて！　男子寮にはないの？」

わたしは、あわててボリュームを落とした声で続ける。

「……お庭番制度！」

「ああ、その話か。ない」

あっさり普通の顔で、数納が答えた。

「あんたが知らされてないだけじゃなくて？」

「女子寮には、そういうのがあるっつーのは聞いた。先輩たちに」

「うっそ、なんで知ってんの。一年には秘密だって言ってたのに！　いつ聞いた？」

「あー、一昨日《おととい》かな」

「グルか！　男子寮の上級生もグルか！」

わたしが頭を抱えると、リュックからまたペンケースが落ちた。

もちろん数納はもう拾ってくれないから自分で拾う。

「あと、おまえらの部屋が、そのお庭番つうのになったっていうのも聞いた」

「言っとくけど、まだ引き受けてないから！」

ペンケースのホコリをはらいながら断言すると、数納は意外にも意地悪じゃない顔で首をかしげた。

「まあ、そんなもんに選ばれたら面倒だよな」

「でしょ！」

「ご愁傷様《しゅうしょうさま》」

「ご愁傷言うな！　ほんとまだ決定じゃないからね！」

そう、まだ決定じゃない。

わたしのディベート力、あとネゴシ……なんだっけ、えっと、交渉力《こうしょうりょく》とか！　ノーって言える力とか、とにかくすべてのパワーを、発揮するから、絶対！

数納に挨拶なんかしてやんないで勢いよく背を向けて、わたしは寮に向かって歩き出した。

七時ジャスト、わたしたちの一〇一号室に、寮の一年生が集合した。

「急いでご飯食べて大急ぎでお風呂入ってきたら、なんか横っ腹痛いんだけどー」

お腹をさする真央の髪からはポタポタ水滴《すいてき》がたれてきてて、恭緒が自分のタオルを投げてやった。

たしかに早食いは体に良くない。

でも八時からは学習時間だし、そのあとは他室訪問は禁止なんだもん。

わたしはもう一度、部屋に集まったメンバーを見回した。

二〇一号室の杏奈・珠理・ブッチ。

ブッチは今日も何事かで険悪な二人の間に挟まって、大きい体を縮めて汗かいてる。

三〇一号室の田丸・真央・翼《つばさ》。

めちゃ子どもっぽい真央と、人見知りな翼と、小柄《こがら》なその二人の保護者みたいな田丸は、小鳥の一家みたいにベッドの柵《さく》に並んで腰かけてる。

四〇一号室のワダサク・ミライさん・涼花《すずか》は、最初に着いたばっかりに、部屋のすみに押し込まれてる。ワダサクは立て膝《ひざ》の行儀《ぎょうぎ》悪《わる》いかっこで、背が一七〇超《ご》えしてるミライさんは折りたたみのキリンみたいに、おとなしい涼花はふだんから気配を消してるから、まあ、いつもと一緒。

この部屋に十二人は、きつい。そして暑い。居室にはこの時期、消灯時間までは冷房《れいぼう》が入んないし。

「もっと窓開けてよ、ブッチが死ぬ」

珠理が言って、

「一年全員で集まるなんて初めてじゃない？」

侑名が窓を全開にしながら、ちょっとウキウキ言ってやがる。

まああたしかに、十二人しかいない一年生だけど、みんな階が違うから、ものすごく団結してるってわけじゃないのだ。なんなら一年生同士より同じ階の先輩のほうが、仲良かったりする。

ドアにストッパーがわりにスリッパをはさんで、空気の通り道を作ったわたしは、みんなの体をかき分けて、自分の座卓の前に戻って言った。

「そういえばさ、今日聞いたら、男子寮はお庭番制度ないんだっていうじゃん。なんで女子だけー？」

「アス、それ誰に聞いたの？」

一人だけ、きっちり髪をドライヤーで整え済みの杏奈がとがった声で聞いてきた。

「数納周だけど」

「なにそれ、あんな男に泣きついてんじゃねーよ」

珠理がミニテーブルを叩いて不機嫌に言って、

「おぼれる者はワラをもつかむか！」

杏奈がツッコんできた。珠理と杏奈ってこういう時だけ、めちゃ息が合ってるからヤだ。

「おぼれるとかイヤミか！」

ため息と一緒にわたしが言うと、

「ウケる！」

窓枠に器用に腰かけてる侑名が無神経に喜んで、ブッチも口をおさえた。

「でも池落ちしたのがアスだって聞いたとき、わたしも笑っちゃった」

ミライさんが言って、真央も、「五時間目始まったら、内海《うつみ》先生が、『この学園にプールがないことを体をはって抗議《こうぎ》した生徒がいる』って言ってさー、みんな爆笑」って笑った。

いかにも内海先生が言いそうなセリフ。

「いいんだけどさ、マコちんとわたしは。倉田さんがそういうキャラじゃないから、結構ショック受けちゃって、気の毒だったな」

「わたしだってヤだよ。中学にもなって学校の池に落ちるって、どんなキャラだよ。あんたもマコも強いわ」

珠理が肩をすくめて言ってきたけど、もうほんと感じ悪い！

「そんな言わなくていいじゃん！　数納にも超バカにされたんだから」

「あいつとしゃべるっていうことが、バカにされるってことなんだよ。バカだね」

「ほーんと、まず男子寮参考にしようってのが間違ってるよ」

珠理と杏奈のタッグにワナワナしてきたわたしの肩を、恭緒が押さえて言う。

「数納って二組の委員長の？　アマネっていうんだ、変わった名前」

「恭緒知らなかったっけ？　円周率の周、でアマネ。理系の天才なのが名前に表《あら》われてるよね」

わたしが怒りをしずめて答えると、恭緒が目をくるっと回して見せた。

「言えてる。性格のわりには名前の響きが可愛《かわい》すぎるけど」

って、でも恭緒はほんとは男子なんかに興味ない。話を変えようとしてくれただけだ。

「あいつ、なんとかっていう、どっかの仏像みたいな目してね？」

ワダサクが自分だってアイライン引いたみたいなキリッとした目なのに、さらに指でつり目にして見せながら言い出して、侑名が笑った。

「なにワダサク、そのフワっとしたたとえ」

そういえばワダサクは、侑名と数納と同じ二組だからな。

ベッドに腰かけたまま、田丸が笑って言った。

「まあ、キレイな顔してるけど冷たい感じでちょっと怖いよね」

みんなの盛り上がりに加わってこない翼と涼花は、もとからあんまり男子の話とかしない。っていうか同室以外の子に、まだそんなふざけたりしないんだよね。

「あーいう顔はメイクすると映《は》えるよ」

最近、腐女子《ふじょし》の睦先輩にマンガ借りまくってるミライさんがヘンなこと言い出した。

「やだー！　なにそれ、想像させないで！」

真央がウケて、せまい部屋でまわりの迷惑《めいわく》考えずジタバタする。

「数納はでもさ、あの歳で女と緊張しないで話せるのがイケてるかもって、男子寮との集会のあとにナル先輩が評価してた」

田丸が思い出したように言ったから、わたしは侑名を横目で見たけど、普通に笑ってるだけ。

珠理が唇をとがらせる。

「えー、男子寮のやつってなんか、みんなスカしてんじゃん。成績いいやつ多いからか知らんけど。睦先輩のおにいさんとかいるのにアレだけど」

あくまでも認めたくないらしい。続けて断言した。

「だいたい男子寮とかさ、あんなの民家じゃん、参考にならねーよ」

「あんな少人数で雑に住んでるやつらに、組織もなにもないでしょ」

杏奈もバカにしたトーンで言う。

珠理と杏奈は数納だけじゃなくて、男全体が嫌《きら》いなの？

気い使いなブッチが二人の間で、わたしにゴメンって目してくる。

でも、たしかに男子寮は、全寮生が、えーっと、たしか十六人とかで、建物も女子寮とはくらべものにならないほど小さい二階建てで、寮監先生だっていない。

かわりに高等部の能條《のうじょう》先生と先生の息子《むすこ》のコーちゃん四歳がいるだけだ。

能條先生はシングルファーザーだから男子寮に住《す》み込《こ》みなんだけど、冷静に考えると、あれ、なんなんだろう、めずらしいよね。

とか、じゃなくて！

わたしは机に両手をついて、叫んだ。

「男の話はいいから！　もう時間がないの！　学習時間になっちゃうじゃん！」

「男の話始めたのは、アスだよ」

杏奈にツッコまれて、わたしはプルプルして大声になる。

「ちょっとはわたしたちの身にもなってよ。そりゃみんなはお庭番に指名されてないから気楽じゃん。結局ヒトゴトか！」

とたんに部屋はシーンとなった。

ブッチが、なんかのスイッチが入ったのか、しゃっくりを始めた。

みんなが止まってる中で、ワダサクがアンニュイに長い黒髪《くろかみ》をかき上げた。

「マジな話さ、今あたしの首が黒くなかったら、お庭番、かわってやってもいっかなと思ったんだけど」

「えっ、なにそれワダサク！　いやワダサク様！」

わたしは真央と涼花を押しつぶしながら、ワダサクにせまった。

ワダサクは小学校卒業と同時にヤンキーも卒業したけど、地元に帰れば有名人らしくて、夏休みに帰省中、なめられないようにって金髪《きんぱつ》にしてたんだって。寮に帰ってくる前日に、あせって自分で黒く染めたら、首と指もまだらに染まっちゃって、言ったら悪いけど、今相当かっこわるい。染まってるとこが腐《くさ》ってるみたいっていうか、どうしたらこうなんのって状態。

でも、ワダサクって、元ヤンなだけあって、義理人情にうるさくて、正義感の強さはハンパない。いいんじゃん？　正義の味方お庭番にナイスキャストじゃん？

わたしは、まだ指先のうっすら黒いワダサクの手を両手で握りしめたけど、「暑っ！」って言って振りほどかれた。

「えー、ワダサクは興味あるみたいだけど、うちの部屋はお庭番とかムリだよ、第一、わたしたち三人には、お笑い芸人って夢があるじゃん」

ミライさんが、のんびりした声で異議を唱える。

「それ言ってんの、おまえだけ」

ワダサクがカンペキなタイミングで裏拳《うらけん》でツッコんだ。

四〇一は、元ヤンのワダサクと超高身長おもしろ女子のミライさんと、元いじめられっ子の涼花っていう、外見もキャラも、マンガかっつーくらいの凸凹《でこぼこ》っぷりだけど、だからなのか、ミライさんは、結構マジで、このトリオでの芸人デビューを狙《ねら》ってる。

そうだよ！　キャラの濃さ的に三バカを継《つ》げるのは、この四〇一なのでは……ってわたしが色々計算してると、

「どっちもムリだから……」

体育座りの涼花がつぶやいた。

それをチラ見したワダサクが、顔の前に手を立てた。

「うーん、やっぱうちはムリだわ。ごめん、アス」

まあね……。小学校でいじめられて、トータル一年以上不登校して、今はこの学園で人生やりなおし中の涼花は、超おとなしいから、お庭番とお笑い、どっちに付き合わされても地獄《じごく》だよ。

だいたい、涼花がムリとか意見が言えるのも、同室のワダサクとミライさんにだけだ。

もしわたしが陰《かげ》で個人的に（強めに）頼んだら、涼花はどんなにお庭番がイヤでも、「うん」って言って引き受けて、あとでプレッシャーで泣く。そういう子だ。

わたしは、ベッドの柵に静かに腰かけてボンヤリしてる翼をちょっと見た。

コミュ力的には翼もムリか……。

女子寮の一年で一番大人っぽくて、みんなのおかあさんみたいな田丸が、なにかと面倒見てるし、真央はうるさいけど意地悪さ皆無《かいむ》な天真爛漫っ子だから上手くやってるみたいだけど、翼が学校で誰かと話してるのって、見たことない。

わたしの心を読んだみたいに、田丸が眉毛を下げて言った。

「押しつけるみたいで悪いけど、一〇一は、いいと思うよ。お庭番適任だよ。三人とも、先輩とか、みんなと仲良いしさ。やっぱ、誰とでもしゃべれる人がいいんじゃない？　情報収集役なんだから。先輩たちだって、適性ってもんを考えて選んだんだよ、やっぱ」

田丸みたいな人格者に淡々と言われると、言い返せない。

真央がブンブンうなずいて、翼によりかかる。翼は黙って自分の膝《ひざ》を見てる。

珠理がダルい顔でTシャツのすそをパタパタしながら、口を開いた。

「わたしはそういうの全然やってもいいけど、うちの部屋、人望ないっていうか、先輩たちに好かれてないからさ。やらせてもらえないと思う」

すかさず杏奈がかみつく。

「好かれてないのは事実だけど、珠理のせいじゃん。わたしとブッチはいい迷惑」

二人の間でブッチが縮み上がったけど、誰もフォローする言葉が浮かばない。

目をそらしたら、開けっぱなしのドアのとこに、三バカ先輩の顔が縦に並んでた。

マンガか！

「スパイがいる！」

わたしが叫ぶと、三バカ先輩たちはおおげさにバタバタ逃《に》げて行き、そのあと結局一年生会議は、グダグダのままお開きになった。


学習室の時計を見上げると、九時六分。

この一時間で、ノートは英単語で埋まったけど、頭に一個も入ってこないから、シャー芯が無《む》駄《だ》。つうか気づいたら、半ページも同じ単語書いちゃってる。ほんと、ノートも無駄。

ほんとは、わかってた。

ふだん明るくしてるけど、みんなわりと、事情があるって。

知ってたし、わかってた。

わたし以外の人って、わりと大変。

はー。

ノートにつっぷしたら、背中をつつかれた。

顔を上げたら、心配顔の恭緒と目が合った。やさしい。

恭緒の向こう側で、振り返ったわたしに気づいた侑名が寄り目をしてみせてきたけど、意味不明だからスルーだ。

侑名もたいがい悩みなさそうだけど。

わたしの現在進行形のさ、悩みなんてさ、お庭番パスしたいってのだけじゃん。

それって、お庭番に任命されるまでは悩みゼロだったってことじゃん。

わたしって、けっきょくお気楽なのかな。思春期なのに。

あーあ。

あーああ！

九月七日（土）

土曜のちょっとゆっくりな朝食をすませて部屋に帰ってきて畳に座ったとたん、ドアがけたたましくノックされた。

「たのもうたのもーう！」

ユイユイ先輩の声だ。

わたしは立ち上がった恭緒の足をつかんだけど、部屋のドアは外から勝手に開けられた。

「ごめんよっと！　ちょっとそこのテーブルの上片づけな！」

ボロい段ボールを抱えてずかずか入ってきたマナティ先輩の勢いに、あわてて置きっぱなしのマグカップやポーチをどかす。

飛びこんできたユイユイ先輩が、得意の仁王立ちで言う。

「あんたたちにいいもの見せてあげようと思ってさー」

「絶対いいものじゃないし！　なんですかそのイヤーな感じに年代物の段ボール！　なんだかわかんないけどお引き取りください！」

「そう冷たくすんなよ。手ぶらじゃねえぜ、ほーら土産《みやげ》だ」

しおりん先輩が未来の舞妓さんとは思えない口調で、持ってきたヤクルトを配る。

「やったー乳酸菌《にゅうさんきん》」

食べ物につられやすい侑名が喜んで受け取って、恭緒もヤクルトと座布団を物々交換《ぶつぶつこうかん》しちゃう。

三バカ先輩たちは、さっさと座布団に座りながら超言ってくる。

「アスー、もういいじゃん」

「そうそう、観念しろよ」

「だって昨日の一年の会議見せてもらったらさー。なにあの不毛さ」

「見せてもらったっていうか、のぞいてましたよね、おもいっきり！」

わたしが押しつけられたヤクルトを握って叫ぶと、侑名と恭緒が思い出し笑いしたけど、当の三バカ先輩はわかりやすくとぼけたポーズをとってみせた。

ダメだ、この人たちになにを言っても。

わたしはがっくりと肩を落として、テーブルの真ん中に置かれたボロい箱に目をやった。全部の面に、シールがベッタベタに貼ってある。キャラクターやアイドルのに混じって、なぜかパン祭りやトイレのトラブルの広告シールまで、なんでもありか！

「ジャーン！」

マナティ先輩が、ガムテープで補修してあるフタを開けて、ユイユイ先輩がまた立ち上がる。

「君たちにはこれがなにかわかるかな！」

「ノートですよね」

恭緒が空になったヤクルトの飲み口をかみながら箱の中をのぞいて普通に言って、

「『お庭番日誌』って表紙に書いてありますよ」

侑名も普通に言うと、しおりん先輩に肩をつかまれた。

「ちょっとは驚くとか感動するとかしろよ！」

「え、表紙だけでそんなリアクション期待されてもー、じゃ、もう一回箱開けるとこからやり直します？」

「もういいよ！　最近の子はクールだな！」

ユイユイ先輩に嘆かれても気にせず、侑名は箱の中から手紙の束を取り出した。

見たこともないキャラクターのレターセットで、一目ですごく昔のだってわかる。

「手紙もある。依頼者からのですか？　なんか歴史を感じるなー」

って言う侑名に続いて、恭緒もノートの一冊をおそるおそる引き出した。

「あ、これとか逢沢高校って書いてある。ここって昔は高等部しかなかったんですよね」

「おっと、ストップ‼　まだ中は見ちゃダメだからね！　個人情報満載《まんさい》資料だから。アスさわんなよ！」

「さわってないし、さわりたくないですから！」

三バカ先輩たちは段ボールを取り囲んだ。

「あんたたちまだ、お庭番引き受けるって言ってないじゃん」

「受けないなら、秘密」

「企業《きぎょう》秘密！」

「じゃあ、なんのために持ってきたんすか！」

わたしがキレると、しおりん先輩がもっともらしい顔を作る。

「この歴史の重みを感じさせてやろうとさー」

「ほれ！　これが歴史の風じゃ！」

ユイユイ先輩に古いノートであおがれて、侑名が笑いながら畳にころがった。

「ちょっと待って、それなにキャラですか！　つうか歴史の風ってなに？」

わたしがキレてる横で、恭緒がノートの表紙を人さし指でなでて言った。

「中身が企業秘密なら、言える範囲《はんい》で、今までお庭番関係でどういうことを解決したのか教えてくださいよ。もう二学期だっていうのに一年生にはお庭番の存在すら知らされてなかったんですから」

「恭緒ダメ、質問とかしちゃダメ。そういう建設的な発言ナシだから！」

あわてて、わたしが止めたけど、三バカ先輩たちはいっせいに顔を見合わせると、わざわざ手近な侑名のベッドに飛びこんでカーテンまで閉めて、作戦会議を始めた。

「いいです教えてくれなくて！　ちょっと、マジそーいうの聞かなくていいから、恭緒！」

わたしがかみつくと、恭緒は困った顔しながらも、かすかに目を輝かせた。

「……だって好奇心《こうきしん》はあるし、アスないの？」

「好奇心って、なんかを殺すっていうじゃん！」

「猫」

侑名がそっこー教えてくる。

「猫なんて超かわいいもん殺すとか悪！　好奇心って極悪《ごくあく》！」

わたしが絶叫すると、三バカ先輩が畳に飛び帰ってきた。

「審議《しんぎ》の結果！」

「とくべつに言える範囲で！　君たちだけに！」

「今年度の女子寮が解決した事例を教えてやろう！」

「勝手に教えないでください！　聞きたくない！　まだ死にたくない！」

わたしは耳を押さえて抵抗したけど、恭緒と侑名は興味津々《きょうみしんしん》で身を乗り出しちゃう。

マナティ先輩が、人さし指を立てる。

「まず、恐怖の魚増し増し事件！　新学期早々、四月にさ、アスが昨日落ちたあの池の魚が日々増えるっつー謎事件あったじゃん」

「あー、そんなんありましたよね。でも誰に依頼されたんですか、そんなの」

恭緒が聞くと、マナティ先輩がにっこりする。

「濡《ぬ》れ衣《ぎぬ》を着せられた生物部」

「ああ、そういう感じ」

侑名が納得《なっとく》したのを見て、しおりん先輩が続ける。

「あと、ゴールデンウィーク明けに徳山宏紀《とくやまひろき》先輩が髪型変えたのも、そうだよ」

「えええ！　あのイケメン髪型改造も⁉」

わたしは聞いてないふりも忘れて、思わず耳を押さえたまま声をあげた。

五年の徳山宏紀先輩は超イケメンなのにナスのヘタみたいな残念な前髪で、「あれモテ防止じゃね？」とか学園中の女子をやきもきさせてたのに、突如《とつじょ》髪型を普通にかっこよく変えてきて、マジもんの超絶《ちょうぜつ》イケメンが爆誕《ばくたん》したのだ。まあ、性格は今も控《ひか》えめなままで、そこがまた人気なんだけど。

「十七歳まであんなだったのを、どうやって変身させたの……？」

わたしのつぶやきをムシして、ユイユイ先輩が指を折りながら軽く言う。

「空手部の三、四年生全面戦争が終結したのも、寮生の暗躍《あんやく》のせいだしー」

「マジですか、いきなり規模大きくなってる」

侑名が言って、恭緒が、「あれ、仲良くなってよかったよね……」ってため息をついた。

あの全面戦争の恐怖を思い出したのだ。

マナティ先輩が膝を打って続けて言う。

「あ、夏休み前に校内に謎のビラが貼られた事件あったじゃん、あれとかも」

「え、あれ犯人わかったんですか？　誰？」

「だからそれは企業秘密」

「えー！」

わたしたちの抗議の声に、三バカ先輩はにんまりした。

「そのすべてが、ここに書いてあるんだなー」

「お庭番になれば全部読めるよ」

「どうするどうする！」

わたしはたぶん生まれて初めて、歯ぎしりした。

相変わらず黙って目をキラキラさせてる恭緒の横で、侑名がテーブルに両ひじをついた。

「この、女子寮の人助けの制度って、ほんと、ちゃんとしてるんですね。こんな面白そうなこと、今まで一年生に内緒にできてたところをみると」

侑名の言うとおりだ。

入学してから今まで、まわりでそんなことが相談されて、しかも解決してるなんて全然気づいてなかった。一緒の建物に暮らしててだよ！

先輩たちががどんなにおしゃべりか知ってるから、驚異《きょうい》だ。

恭緒が、あれ？　って感じにノートに視線を戻した。

「今さらですけど、三バカ先輩たちの前のお庭番って誰ですか？」

「この字見てわかんない？」

しおりん先輩が、わたしたちの目の前に、一冊抜《ぬ》き取《と》ったノートを広げた。

この達筆！

「芳野先輩！」

「そ、芳野先輩と盟子先輩とー、まさな先輩」

当たり前みたいにマナティ先輩が言って、まさな先輩ファンの恭緒が感極《かんきわ》まった声を出した。

「え、まさな先輩、霊感もあってお庭番とか、かっこよすぎ……」

「っていうか、芳野先輩たちも自分で言ってよ！　っていう話でしょ、これ」

わたしが愚痴《ぐち》ると、ユイユイ先輩の目がキラーンと光った。

「つうか今ノートの中身見たよね。見たからには、お庭番やんなよ」

「えええ！　罠《わな》か！」

「しおりん先輩が勝手に見せてきたんですよ」

侑名が冷静に切り返すけど、そんなの通用する先輩たちじゃない。

わたしはいそいで話を変えた。

「お庭番のこととか、寮の人助けのこととか、どうして一年生には内緒にするんですか？」

しおりん先輩は、急に女らしく、人さし指をほっぺたに当てて首をかしげた。

「うーん。最初っから、なんでも人に頼ったらダメだからじゃない？　だってそういう制度があるって知ったら、みんなすぐ泣きつくでしょ。入学してすぐのなんやかんやの不安で」

「うん、甘《あま》やかすと人間ダメになるからね」

マナティ先輩がえらそうに腕組みして断言して、ユイユイ先輩が叫ぶ。

「のび太とか見てみー」

わたしたちは、なんとなく納得して顔を見合わせたけど、頭の回転が速い侑名が新しい質問をした。

「でも、どうしてお庭番は中等部から選ぶんですか？　高等部のほうがしっかりしてるのに」

ユイユイ先輩が体をくねらせた。

「だってなんかする時さ、若いとやっぱ、かわいいから許されるんじゃーん？」

「先輩かわいくないすよイタっ」

おもいっきりユイユイ先輩が突《つ》き飛《と》ばしてきて畳に転がったけど、だって、わたしだってかわいくないし！

「見てみな、高等部なんて、とくに五、六年生なんて、ほとんど大人だよ？」

しおりん先輩の言葉に、恭緒が首をかしげて同意する。

「まあ、知らない上級生に話しかけられたら萎縮《いしゅく》しちゃうかもしれないですね」

「その点、あんたたち三人とも、なんだかんだ言って話しやすいよ。先輩たちもそう思ったから選んだんじゃん？」

マナティ先輩が言って、

「ここだけの話、一〇一の三人でって、ほとんど全員一致《いっち》だったんだよ。こーの人気者ー！」

ユイユイ先輩が畳に倒《たお》れたままのわたしのお尻をパシパシ叩いてきた。

そんな人気いらないんですけど！


今日が土曜日とは思えない。

三バカ先輩たちのせいでマジ疲れた。

なんにもできないまま、夜になってしまった。

もうすべて忘れて睡眠に逃げよう。

わたしがめずらしく侑名より早くベッドに上がろうとすると、かすかに物音がした。

恭緒がドアに手をかけたから、それがノックだったのに気づいたくらい小さい音。

「あれ、ブッチじゃん、どした？　とにかく見られないうちに入んなよ」

恭緒が小声で言って、急いでブッチの体を引っぱりこんだ。

時計を見ると十時五十一分。もちろん他室訪問は禁止の時間。

ブッチが寮則をやぶるなんて、ありえない。

座イスでプロレスの動画を見てた侑名も、さすがにｉＰａｄを置いて、なになに？　って顔でこっちに来た。

わたしたちに囲まれて、ブッチは一瞬モゴモゴしたけど、時計に目をやって、口を開いた。

「こんな時間にごめんね。ええと、あのね、昨日の一年生の集まりの時には、みんなもいるし言えなかったんだけど、ええと、わたし、この間の全体集会で聞く前から、ええと、……お庭番の存在、……知ってたんだ」

「え、そうなの？」

わたしはびっくりして恭緒と顔を見合わせたけど、侑名は普通の顔してるから、驚いてるのかわかんない。こいつのことだからまさか知ってたのかな？

「こんなの言わなくてもいいのかもしれないけど、ええと、三バカ先輩たちね、わたしが……入学したての時、いろいろうまくやれなかった時、ええと、あー、今でもそんなにうまくやれてないんだけど……」

ブッチが言葉に詰まったから、やさしい恭緒がやさしく肩を抱いてやる。

ブッチが顔を上げた。

「その頃、三バカ先輩たちが、お庭番として、話聞きに来てくれたんだ。それで、うーん全部は話したくなくて、ごめん。中途半端に言うなって感じだけど……ええと、先輩たちがいろいろ動いてくれて、状況も少し変わって……、なんていうか、うれしかったの、あんなに話聞いてもらったの初めてだったっていうか、とにかく、この学園に来て、寮に入ってよかったたって思った。だから……」

また言葉が出てこなくなったブッチに恭緒がうなずいてみせて、わたしもなんだか自分より大きいブッチが小さい子みたいに思えてきて、半そでの二の腕をさすってあげた。

だまってベッドに寄りかかってた侑名が、「ブッチ言いに来てくれて、ありがと」って静かな声で言うと、ブッチの腕から力が抜けるのを感じた。

新入生は甘やかさないとか言って、きっちり助けてんじゃん。

さっき三バカ先輩たちがブッチを助けた話はしなかったのって、ちょっといい。

ちょっと見直した。

わたしは、三バカ先輩みたいに強くブッチの腕をはたいて言った。

「うん、ありがと！　もう消灯だよ。早く帰んなー」

「こんな遅くの他室訪問がバレたら罰日くらっちゃうし。ブッチ勇気あるね」

恭緒も笑って言って、わたしが、

「杏奈と珠理に怒られんぞ！　お腹痛くてトイレにこもってたとか上手く言いなよね」

っておどすと、ブッチはあわてて廊下の様子をうかがって、泣き笑いみたいな顔で出ていった。

二階の自分の部屋まで誰にも見つからずに、無事に帰れますように。

「ブッチさあ、わざわざこんな時間に来なくてもいいのにね」

角を曲がったのを見送ってドアを閉めてわたしが言うと、

「話す勇気出してるうちに、この時間になっちゃったんだよ。ブッチ頑張ったよ。あ、わたしさっきトイレ行こうと思って立ち上がったとこだったんだ。行ってくる」

恭緒が言い残して出ていった。

わたしは自分のベッドによじ登って勢いよく布団《ふとん》にダイブした。

「なんかブッチにあんなん言われちゃうと、どうしよ。だって、わたしまだ拒否るのあきらめてないから！　でも、あーどうしよ！」

ジタバタして嘆いてると、侑名が自分のベッドに腰かけながら、笑い声で時計を見て言った。

「まあまあ、全体集会までは、あと四十七時間はあるよ」

「四十七時間しかないんじゃん！」

「今のアスみたいなの、なんていうか知ってる？」

侑名がわたしを見上げて言ってきた。

？

「外堀《そとぼり》を埋められるっていうんだよ」

わたしは黙って侑名の顔めがけて枕《まくら》を投げつけた。

九月八日（日）

おとうさんのお古のＭＰ３プレーヤーの曲目リストを何周しても、聴《き》きたい曲がない。どの曲も今の気持ちにぴったりこない。まあ、お庭番ヤだなんてテーマの曲あるわけないし。大の字に畳に転がっても、一人だと部屋が広い。

恭緒は日曜日だっていうのに、そんでこんな暑いのに、部活に行ったし、侑名はおねえちゃんの誕生日だからって、家に帰ってる。だいたい侑名ってなんで家、都内で近いのに寮に入ってんだ？

談話室に行ってみればきっと、誰かとしゃべれるけど、そうしたら絶対明日の、全体集会のお庭番の話になる。

小腹がすいたけど、お庭番の話を聞いてから、なんか前より、寮のおやつに手が伸びにくい。働かざる者食うべからずみたいにさ。

ゴロゴロ転がってると、侑名の机の上のｉＰａｄが目に入った。

ゲームでもしようかな。侑名は恭緒とわたしになんでも貸してくれるから、ｉＰａｄになんのアプリが入ってるかも全部知ってる。

わたしは片足を高く上げて反動で起き上がって、机ににじり寄った。

ゲームを選ぶ前に、なんとなくミュージックのとこを開く。

侑名のｉＰａｄには、わたしの知らない曲が何千曲も入ってる。侑名は兄弟が多いし、しょっちゅう家に帰ってダウンロードとかしてるから。

よし、歌占《うたうらな》いでもしてみるか。

目をつぶって適当に選んだ曲をお告げってするのが、一学期、寮で流行《はや》ったのを思い出しながら、わたしは机に顔をふせて、ｉＰａｄの画面を人さし指でなぞった。

ここだ！

思ったより大きいボリュームに飛び上がって画面を見る。

『超観念生命体私』

なんだこれ？

流れてきたのはなんか気持ちがざわざわするような声だった。

しばらく聴《き》いてみたけど、とくにお告げ、というかメッセージは受け取れなかったから、とりあえず曲は停止！　して、とりあえず、ええっと、タイトルの意味でも調べるか……。

ええと、まず「観念」。

辞書を開くと、一番目に書いてある意味はよくわかんない。

難しいんじゃ！　って一人でツッコんだわたしに、二番目の意味が飛びこんできた。

「あきらめて、状況を受け入れること。覚悟《かくご》すること」

！

……これがお告げなら、ひどすぎる。

そういえば昨日、三バカ先輩に「観念しろ」とか言われた気がする。

歌占い、これはマジなのか……。

ふるえる……。


再度気分を変えるために、ふだんは部屋干ししてる洗濯物《せんたくもの》を屋上に干そう、って思い立って、
わたしは洗濯かごを持って、屋上の重たい鉄の扉を開けた。

日曜の午後の屋上なんて、暑いし誰もいないと思ってたのに、ふわふわのショートカットが目に入る。

「芳野先輩、こんにちは」

小さいビニールプールに水をはって、足湯、じゃなくて足水してた芳野先輩は、わたしを見て

にっこりして手を上げた。一応日陰になってる場所にイスを置いてるけど、帽子《ぼうし》もかぶってないのに、涼《すず》しい顔。そういえばいつも、みんなが紫外線《しがいせん》を怖《おそ》れるなか、芳野先輩は美白対策してる様子もないのに白い顔のまま、屋上で本読んでるのを見かけるな。

やっぱり特別な人は違う。悟りを開くと日焼けもしないのかも。

わたしはさっそく首に一筋流れてきた汗をTシャツの首元を引っぱって拭いて、持ってきた洗濯物を干し始めた。

日差しで腕が痛い。

背中で、水音がパシャパシャ聞こえる。

最後のタオルハンカチを洗濯ばさみでとめると、ガマンできなくなって、芳野先輩を振り返った。

「わたしも足入れていいですか」

「いいよ。あそこのイス持ってくれば」

芳野先輩がアゴで指したプラスチックのイスを取ってきて、屋上用サンダルを脱《ぬ》いでプールに足を入れる。

さわやかー。

水につかったのは足だけなのに、クラクラした脳まで一気にクールダウンって感じ。

「アス、一週間、忙しそうだったね」

冷えた脳に、芳野先輩の声が通る。

わたしがジタバタ抵抗して悪あがきしてたのは、寮中が知ってる。

かっこ悪かったのは自覚してるけど、平穏な日常を守る権利があるんだから、はずかしいとは思わない。

一週間、ほんと、忙しかった。

頑張ったじゃん、わたし。

わたしは大きく息を吸いこんで、芳野先輩の顔が視界に入らないよう、水の中の自分の足の指だけを見て言った。

「観念、したほうがいいと思います？」

「なんかすごい単語が出てきたね」

芳野先輩が笑って、プールの水がゆれた。

「だって拒否ってるのって、結局わたしだけじゃないですか。侑名と恭緒は、わたしに気を使って即引き受けなかっただけで、意外と乗り気だし。あの二人は……もとから人になにかしてあげるの好きだし」

「うん」

「でも、わたしも全然冷たい人間てわけじゃないんですよ」

わたしは急に言い訳したくなって、芳野先輩の顔を見た。

「前に言ったのも、やっぱちょっとウソです。ほんとは、やっぱ、助けられるだけじゃなくて、助けるとかしてみたい」

芳野先輩は腕を組んで目を細めた。

「アスはやさしいね」

わたしはあわてて水の中で足をバタバタさせて言った。

「やさしくないです！　だって、人には笑っててほしいとは思うけど、えーっと、正確に言えば人がいやな気持ちになるのがいやなんじゃなくて！　人がいやな気持ちになってるのを見て自分がいやな気持ちになるのがいやなだけなんです！　あー、なに言ってんだろ」

「その二つは、そんなに変わらないんじゃないかな。それにわたしだってそうだよ」

芳野先輩がつぶやいた声があんまり静かだったから、わたしはなんにも言うことがなくなった。

ただ黙って、水面の、自分が立てた波が小さくなるのを眺めてた。

九月九日（月）

「全員そろいましたね。では、全体集会を始めます」

盟子先輩が集会室に集まった全員を見回して言って、芳野先輩が笑顔で続ける。

「ここからは、三バカのオンステージなので、せっかくだから同学年のレク神、我《わ》が寮の名司会者、星末《ほしみ》にバトンタッチします」

指名された三年の星末先輩が立ち上がって、今日もまた、わざわざもう一回制服を着こんでる三バカ先輩の隣に並んだ。いつのまにかマイク持参だし。

「今日は三バカに、あの！　スーパーみんなに愛されてるパフォーマンスをしてもらいますが、まだまだこれがラストステージじゃないから、お間違いなく！　みんな早まって泣いたりすんな！　終業式や卒業生を送る会でも披露《ひろう》してもらうんだからね！」

星末先輩は、そこで言葉を切ると、寮監先生たちのほうに目をやってから、声を落とした。

「夜遅いから、近隣《きんりん》住民への配慮《はいりょ》で今日はジャンプは禁止です。スタンディングも遠慮《えんりょ》して。一緒に歌う時もボリュームは抑《おさ》え目《め》に、よろしくお願いします！　はじけるのは、また後日！」

三バカ先輩が手首や足首を回してウォーミングアップする。

上級生の気分が上がりだしたのが、空気でわかる。

星末先輩が、手を広げた。

「では、消灯まで時間もないし、行っちゃうよ！　お庭番として二年間活躍してくれた三バカが、任務交代の節目の今夜、みなさんに贈《おく》る、団結のステージ！　代々先輩から伝わる、もう一つの寮歌《りょうか》と言っても過言ではない、逢沢学園女子寮のソウルソング、『ブッシュマン』！！！どうぞ！」

合図で曲が流れ出す。

――**タンタンタン、タンタン、タタタタ、タンタンタン、タンタン、タタタタ**

前奏の時点で、自動でテンション上がる。

この『ブッシュマン』、入寮式で見た時は、マジあっけにとられた。

三バカ先輩のパフォーマンスを初めて見たあと、侑名が前衛舞踏《ぶとう》みたいって言ったのを思い出す。前衛舞踏ってどういうのか知らなかったけど、侑名があとで動画を検索《けんさく》して見せてくれたら、白塗《しろぬ》りの恐怖だったっけ。

とにかく、三バカ先輩の『ブッシュマン』は、ネットに動画上げたら、めちゃ再生回数すごいと思う。

三バカ先輩たちが、マイクのかわりに握ったトイレットペーパーの芯を手に、ラッパーの体勢で歌い出した。

Shout out Bushman　Super type human　その勇士
谷間に写る瞬間に　Shout out Bushman
遥《はる》か遠《とお》く　彼方《かなた》で落とした針の音を聞き分け　駆《か》け出《だ》す戦士
体のエンジンは点検なしでも　大地の端《はし》と端結ぶレーシング
獲物《えもの》に狙い定め　突《つ》き刺《さ》す　ブッシュマンズ・アイ
容赦《ようしゃ》ないその勇士　女達が放さない　もちろん一夫多妻

四月に初めて見た時には、女子寮なのに、なにこのワイルドテーマソング、どうなってんのってひたすら困惑したけど。
入ってみると、女子寮は全然女っぽくなくて。

Bushman　イエス　上がっていこう
自分に当《あ》て込《こ》む　無事さらってこう　待ってろ
腹が減ったバカ共達の為《ため》に　今日も行くぞ　オーライチョー
さぁ俊足《しゅんそく》飛ばして　マイクが武器　笑顔がおちゃめで素敵《すてき》
気合入れてけ　ルーキー　ダメよ　ムキになっちゃ　敵意隠《かく》し　ブレイキング

温和で力持ちで素直　明るく手をつなごう
ありとあらゆる事柄《ことがら》　無我夢中《むがむちゅう》　さからった小宇宙
その瞳《ひとみ》の奥にどうして　燃える闘志《とうし》を押《お》し殺《ころ》して
いるかなんて悩んでる奴尻目《やつしりめ》に　目の前は広大な大自然

そして今この歌詞を聞いてると、人助けの……お庭番のテーマソングとしては、ほんとぴったりなのかも。いや、よくわかんないけど。

一本にきっちり結んだ同じ髪型を揺らして、学校案内のパンフより真面目な制服の着こなしの三バカ先輩たちが踊《おど》り狂《くる》う。

スタンディングを禁止されたわたしたちが座って見上げてる図とか、なんだろ、宴《うたげ》？　あやしい集会？　それか邪馬台国《やまたいこく》？　とかみたいじゃん。

気がつくと、わたしも一緒に歌ってた。

ふだん恥ずかしがりな恭緒も隣で声を合わせてる。

侑名を見るともちろん笑顔でノリノリだし、一年のわたしたちがこうなんだから、先輩たちなんてみんな、手を振《ふ》り上《あ》げたり横に揺れたりトランス状態みたいな合唱になってる。

大声出すのは我慢してても、女子六十なん人かの歌声が合わさると、敷地内の男子寮までは聞こえちゃってそう。

Shout out Bushman　Super type human　その勇士
谷間に写る瞬間に　Shout out Bushman
Shout out Bushman　Super type human　その勇士
谷間に写る瞬間に　Shout out Bushman

なんか歌って魔法だ。
強制的に心を一瞬、一つにさせる。

Bushman　相当いいよ　Eyes　いくぜ　オールライチョー
Bushman　相当いいよ　Eyes　いくぜ　オールナイト　ロング
Bushman　相当いいよ　Eyes　いくぜ　オールライチョー
Bushman　相当いいよ　Eyes　いくぜ　オールナイト　ロング

歌が終わって、曲の最後の余韻が消えた瞬間、巻き起こった拍手の中で、三バカ先輩、しおりん先輩とユイユイ先輩とマナティ先輩は、息を切らしたまま仁王立ちになった。

三人で視線を交差させると、そろってまっすぐ前を向いて声を合わせた。

「わたしたち、普通の女の子にもどります！」

三バカ先輩たちは、マイク、いや、トイレットペーパーの芯、を、静かに畳に置いた。

……なんだこれ。

なんだこれ、なんだけど、まずい、ちょっと泣きそう。

でも泣いたら何泣き？

いつまでも続く拍手が、

「しおりん、マナティ、ユイユイ、三バカのお庭番の最後にふさわしい素晴《すば》らしいステージありがとう。そして、おつかれさま」

って芳野先輩のセリフで、さらに大きくなる。

視界のはじっこで珠理が、こっそりTシャツの肩で涙《なみだ》を拭いてて意外。

わたしは拍手の手を顔の前に持ってきて、必死で目のうるおいを飛ばした。

ほんとこれなんの涙だよって。

だって、わたしたちは三バカ先輩のお庭番の歴史を何も知らない。

なのになんでこんなグッときちゃうんだ。

それに感動なんかしてる立場じゃない。だって、

「では、ここから新お庭番の就任式に移ります。移って、いいかな、一〇一号室の三人」

芳野先輩が言って、部屋中の視線がわたしたちに集中した。

一気にシーンとなったのに、空中に、さっきの拍手の幻聴《げんちょう》がする。

ブッシュマンのせいでテンション上がりきったみんなの熱い視線をいっせいに向けられて、わたしは唾《つば》を飲み込んだ。

いいよ、もう、ヤケだヤケ！

ヤケだけど決めたんだ。

わたしは自分の気が変わらないうちに、深く息を吐いて吸った。

「はい、やります」

わたしの答えに安心したみたいに、恭緒と侑名が、

「やらせてください」

「頑張ります」

って続けた。

「三人とも、引き受けてくれると思ってたよ」

芳野先輩がやさしい笑顔になって言った隣で、盟子先輩もめずらしくちょっと微笑《ほほえ》む。

その瞬間、爆発《ばくはつ》みたいな拍手が起こった。

まわりの先輩たちが押《お》し寄《よ》せてくる。

「よかったー！　あんたらが引き受けてくれなかったらどうしようかと思ったよ！」

しおりん先輩に抱きしめられて、ワシワシ頭をなでられた。

先輩、超汗だく……。

侑名と恭緒を見ると、二人も先輩たちにもみくちゃにされてる。

その向こう側で両手をお祈《いの》りみたいに組んでこっちを見てるブッチと目が合った。

ブッチの隣にはワダサクが立ってて、わたしが見たのに気づくと力強く親指を立ててみせた。

先輩たちが口々に声をかけてくる。

「アス！　あんたの悪あがきにはおそれいった！」

「はからずもバイタリティーを証明してたよ」

「あのガッツと図々しさ！　可能性を感じたわー」

「いや若さって、いいね」

「おばちゃん感動して涙出ちゃった」

「それ笑い涙じゃないですか」

わたしがようやく言い返すと、後ろから何人かにバンバン背中を叩かれる。

星末先輩が離れたところから、

「そうそう、新お庭番、あとで『ブッシュマン』のCD持ってくから、パソコンとか、何かしらに入れておいて」

って言った。

「げっ、まさかわたしたち、今のマイクパフォーマンス、マスターしなきゃなんですか？」

恐《おそ》れをなして飛び上がったわたしに、紺ちゃん先輩が笑う。

「まさかまさか、引《ひ》き継《つ》がれてるのは曲だけだよ。普通はみんなで合唱するだけ。歌って踊るのは、三バカの趣味《しゅみ》」

「まあ、やりたいなら止めないけど」

「むしろ大歓迎《だいかんげい》だけど」

先輩たちが言い出して、

「いいです！　ムリです！」

わたしがジタバタすると、恭緒が眉を下げて、

「ラップはちょっと、難易度高い……」

とか悩み出すから、

「真面目か！」

って、マナティ先輩がツッコんだ。

なぜかいつの間にかユイユイ先輩をおんぶしてる侑名が、

「三バカ先輩の伝説のパフォーマンスは超えられませんから」

って、殊勝《しゅしょう》なことを言う。

「いやいや、伝えたいのはパフォーマンスじゃなく、スピリット！　マインドなわけ。ブッシュマンの」

しおりん先輩が腕組みして力説して、恭緒が目を輝かせて言った。

「前から、あの歌詞いいなと思ってたんですよね。あの『温和で力持ちで素直』ってとこ、とくに好きで」

たしかに恭緒って、そういうところある。

そういうのをいいと思うところがある。

「みんな、ちょっと静かにしてください。盛り上がるのはわかるけど時間は限られてるから」

盟子先輩が、さっきのレアな微笑みは微塵《みじん》も感じられない冷たい表情で手を叩いた。

みんな、ハッとして時計を見る。

芳野先輩が寮監先生たちと視線を合わせて、苦笑いする。

「無理ないけどね。みんな、一〇一の三人が引き受けてくれるかどうか、この一週間じつはかなりハラハラしてたから、新お庭番の誕生がうれしくて盛り上がりもするよ」

芳野先輩にそんなふうに言ってもらうと、やばい、いい気になる。

「もうすっかり祝福モードで就任式って感じじゃなくなっちゃったけど、じゃあ最後にあらためて、いいかな」

芳野先輩がそう言って見回すと、わちゃわちゃだった部屋の中はすごい速さで静かになった。

三バカ先輩たちに引っ立てられて、わたしたち三人は姿勢を正した。

「一〇一号室、戸田明日海さん、藤枝侑名さん、宮本恭緒さんを、今日から逢沢学園女子寮お庭番に任命します」

なっちゃったよ、お庭番。

でも、ま、いっか、一人じゃないし三人だし。

やれるかも。

うん、調子がいいのが、わたしのキャラだ。

# 二章「恋に落ちたら」

十月四日（金）

「あんたら、四年の西村由利亜先輩《にしむらゆりあせんぱい》って知ってる？」

ぶらさがり健康器で伸《の》びながらマナティ先輩が聞いてきたから、わたしはなんとなくパラパラしてただけの雑誌を置いて即答《そくとう》した。

「知ってますよー！　ラブハンター・ユリアでしょ」

「超《ちょう》有名人ですよね」

隣《となり》のソファーでぼんやり体育座《たいいくずわ》りしてた、人のウワサにうとい恭緒《たかお》も言うと、

「だよねー！！！　恋《こい》多き女、西村由利亜の名を知らなかったら、逢沢《あいざわ》学園の生徒じゃないっしょ！」

って、しおりん先輩がクッションから起き上がって大声で同意したから、凍《こお》らせすぎたプリンをスプーンで削《けず》ってるユイユイ先輩の手元を見つめてた侑名《ゆきな》が、顔を上げて目をパチパチさせ

た。

「ラブハンターも、いいかげん違《ちが》う学校の男に目を向ければいいのにねー」

ユイユイ先輩がスプーンを持ちかえながら、勝手なこと言う。

はー、こうやって夕食後に談話室でだらけるのも、一週間ぶり。

中間テストが終わった今夜は、寮《りょう》全体の空気が明るくてゆるい。

どうせあと三十分ちょっとで、また学習時間で勉強しに行かなきゃだけど、テスト中とは緊張《きんちょう》感《かん》が違いますって！

わたしはおもいっきり噂話《うわさばなし》に食いついた。

「え？　え？　え？　ユリア先輩って、また誰《だれ》かに告《こく》ったんですか？　今度は誰？」

慣れない猛勉強《もうべんきょう》に疲《つか》れた頭に、無責任に聞ける高等部の恋バナとか超おいしい。

「それが今回は、今までとはちょっと相手が違うのだよ」

しおりん先輩が意味ありげに声をひそめて、肩《かた》を組んでくる。

「えー、誰？　教えてくださいよ！　だって、前回は、徳山宏紀《とくやまひろき》先輩でしょ。髪型《かみがた》残念イケメン改め超絶《ちょうぜつ》イケメンの。瞬速《しゅんそく》でごめんなさいされちゃってましたけど！　あれで入学してから玉砕《ぎょくさい》何人目でしたっけ？」

好奇心《こうきしん》で身もだえするわたしを見て、恭緒が苦笑いする。

侑名はまだフローズンプリンを無心に見つめ中。

わたしの同室二人は中学生女子にしては恋バナに興味ないほうだけど、わたしは自分で言うのもなんだけど、超興味あるほう！

マナティ先輩が、ぶらさがり健康器から勢いをつけて、ソファーに飛び乗ってきた。

「徳山先輩で十九人目だってさ！　だから今回が、二十人目」

人を好きになるのは素敵《すてき》なことだ。

だからもちろん、誰かの失恋《しつれん》で盛り上がるなんて、人として、いけない、と思う。

だけどいまいち深刻になれないのは、ユリア先輩がこの学園に入学してから告った人が、今までに十九人も（！）いて、それでもれなく全員にフラれてる有名人だから。

連戦連敗にもほどがある！

絶対気の毒ではあるんだけど、だけど……それだけ頻繁《ひんぱん》だと告白も、どうしてもイベント感っていうか、あーまたかーっていう恒例《こうれい》行事感出ちゃうでしょ。

「そう、記念すべき二十人目！　しかしその恋の相手が問題だった！」

しおりん先輩が芝居《しばい》がかった大声で言うと、ユイユイ先輩がスプーンをわたしの顔の前に突《つ》きつけて叫《さけ》んだ。

「よりによって男子寮で一番おとなしい市川《いちかわ》先輩にロックオン！」

……。

「……市川先輩って、どんな人でしたっけ？」

えっと、市川先輩でしょ、男子寮の寮生《りょうせい》なのと、ユリア先輩と同じ四年生なのは知ってる。

けど、なんか静かな人って印象しかないな。

頑張《がんば》って外見を思い出せば、色が白いほうで、目が離《はな》れ気味《ぎみ》ってくらいで。

告白の相手を聞いてあきらかに盛り下がったわたしを無視して、三バカ先輩が口々に言う。

「マジで予想外だわー、今まではユリア先輩が好きになるのって、わりとわかりやすい有名人ばっかだったのにね。ここにきて市川先輩かー」

「なんかキャラ薄《うす》い人だよね。男子寮ん中では」

「な！　男子寮なんて変人ばっかなのにな！」

「それを先輩たちが言いますか」

めずらしく恭緒がツッコんで、侑名がプリンからやっと目を上げて笑った。

「なにがさ！　この大和撫子《やまとなでしこ》つかまえて！」

「まーじでーしーつれーいしちゃうう！」

「うちらみたいな真っ当な人間、学園中探してもいないから！」

三バカ先輩たちのうるささに、テレビの前の席の高等部の先輩たちが無言でクッションを投げつけてきたけど、うまいことキャッチしたマナティ先輩がソファーの上に立ち上がって、わたしたちを見下ろしてくる。

「つうか本題だよ！　本題！　なんで、あんたら三人にこんな話してると思ってんの？」

しおりん先輩が謎《なぞ》の流し目で続けて言う。

「ミッションだよ」

ユイユイ先輩がプリンをテーブルにバーンと置いて叫んだ。

「あんたたち新お庭番のデビューだよ！」

「は？　どゆこと？」

わたしは思わずタメ口で聞いた。

「だからー、ユリア先輩がー、市川先輩にフォーリンラブじゃん？」

って、しおりん先輩。

「はい」

「そんで、市川先輩は男子寮じゃん？」

って、マナティ先輩。

「はあ」

「そしたら、男子寮が女子寮にＳＯＳってわけ！」

って、ユイユイ先輩。

「はあ？」

先輩相手だけど、わけわかんなさに語尾《ごび》が上がっちゃう。

恭緒と顔を見合わせた侑名も、ちょっと首をかしげて聞いた。

「先輩たち、なんか途中《とちゅう》を省略してません？」

「あんたら初仕事がうれしくないの？」

しおりん先輩は言うけど、

「ええっ、なんか思ってた事件と違うんですけど」

わたしは混乱してきて頭をかかえた。

「ちょっと待った、移動しようぜ！　今まさに！　食堂で芳野《よしの》先輩たちがこのことについて話してるはずだから合流しよ！　詳《くわ》しい話はそっちで！」

マナティ先輩が宣言して、ソファーから飛び下りる。

ユイユイ先輩が叫んだ。

「出動だー！」

頭にプリンを乗せたユイユイ先輩を先頭に、わたしたちは、わけもわからず、わらわらと談話室を出た。

ほんとなんなのこの急展開！

食堂に来てみたら、本当に芳野先輩たちがテーブルに残ってお茶してた。調理場の中で夕食の後片づけを始めてる食堂のおばさんたちが、うるさいやつらが来たよって顔で、こっちを見て笑い合ってる。まあ、ほんとに超うるさい集団なんですけど。

テーブルでは芳野先輩と盟子《めいこ》先輩、それと四年の恵那《えな》先輩の三人が、お茶を飲みながら、浮《う》かない顔。

マナティ先輩とユイユイ先輩が空気を読まず、明るく挨拶《あいさつ》した。

「おつかれっす！」

「お庭番つれてきましたよー！」

「恵那先輩、西村由利亜先輩と同じクラスなんだよ」

しおりん先輩がわたしたちに言うと、恵那先輩は無言で力なくピースしてみせた。

恵那先輩は、部屋は四〇三で、四階で一緒《いっしょ》のワダサクやミライさんが、超やさしいって言ってる先輩だ。同室はウキ先輩。テーブルにウキ先輩の姿はない。

まあ、高等部は中等部ほど、同室でつるまないんだけどね。

「ウキ先輩は話に参加しないんですか？」

イスを引きながら、一応聞いたら、恵那先輩は当たり前って顔で言った。

「部屋で今日のテストの答え合わせしてる」

「ですよねー」

ウキ先輩はあだ名のわりに、ウキウキしたとこが一個もない真面目ーな人なので、まあ、この話題に、恋愛《れんあい》関係の話題に、混ざるとは思えないよね。

それに、寮の中で、学年ごとの雰囲気《ふんいき》？っていうのが、なんとなくあるんだけど、四年生は全体的に個人主義だって言われてるし。ウキ先輩だけじゃなく。

人の邪魔《じゃま》をしないけど、自分の邪魔もされたくないみたいな人が多い。

さてはこの感じ、やさしい恵那先輩は、ユリア先輩とクラス同じだからって、断れずに引っぱりこまれたな。

誰に対しても物怖《ものお》じしない侑名が、わざわざ盟子先輩の隣に座りながら、

「三バカ先輩たちの話だといまいちわかんなかったんですけど、男子寮がどうかしたんですか？」

って聞いて、気が利《き》く恭緒があとから来た組に湯のみにお茶をついで回してくれながら、落ち着かなくキョロキョロする。

「あの西村さんが、男子寮の市川くんのこと好きになったっていうとこまでは聞いた？」

盟子先輩が超めんどくさそうな半目で確認《かくにん》してきて、わたしたちはブンブンうなずいた。

盟子先輩の態度に苦笑いした芳野先輩が腕組《うでぐ》みをほどいて、説明してくれる。

「一週間くらい前に、西村さん、市川くんに告白したらしいんだけど、市川くんがそれに返事しないもんだから、それ以来、男子寮付近に、ええと、なんていうんだろ……」

言葉をにごした芳野先輩の隣で、恵那先輩が両手でほっぺたをはさんだムンクのポーズで、かわりに言った。

「毎日出没《しゅつぼつ》してんの、あの子。男子寮のまわりうろついたり寮生つかまえて色々質問したり、なんかユリアなりに、おとなしい市川くんに校内でつきまとったら人目があって悪いって思ってるっぽいけど、あれじゃあ、まんまストーカーだって！」

「あー……」

「うーん」

「大変ですね」

わたしと侑名と恭緒は、まだなんで呼ばれたかよく飲みこめないながら、自分のことみたいに恥《は》ずかしがる恵那先輩に同情のまなざしを向けたけど、ちょっと横目で見たら、三バカ先輩たちは、おもいっきしニヤニヤしてる。

盟子先輩が、イライラとため息をついた。

「男子寮のやつらも、ストーキングが迷惑《めいわく》なら自分たちで言えばいいのに、相手が相手だからとかグズグズ言って、こっちに押《お》しつけてきたの。西村さんに、どうにか市川くんのこと、あきらめさせてほしいんだってさ。そんな個人対個人のこと普通《ふつう》他人に頼《たの》む？　女子相手に『迷惑だ』って直談判《じかだんぱん》して、泣かれるのが怖《こわ》いだけじゃない？」

「西村由利亜先輩って、泣いたりしなさそうですけど」

侑名が湯のみを唇《くちびる》にあてたまま言って、首をかしげた。

そういう話が苦手な恭緒は、黙《だま》ってみんなの湯のみに、お茶くみロボみたいにお茶をつぎ足しまくってる。

はっ！

「ちょっと待ってください！　まさかそのあきらめさせ係っつーソンな役回りを、お庭番にやれと？」

立ち上がったわたしは、しおりん先輩にTシャツを引っぱられて、座らされる。

「アス、早まるな！　まず話を最後まで聞けよ」

「でも、ラブがらみの邪魔とか！　超ヤなんですけど！」

Tシャツがのびてる感を気にせず、もう一回立ち上がって、わたしは主張した。

「そーいうことすると馬に蹴《け》られて死ぬっつうじゃないですか！　馬に蹴られ死とかマジカンベ

てくる。

「アスって、なんでそういうことだけよく知ってるの」

盟子先輩があきれた声を出して、マナティ先輩が頭の後ろで手を組んだのん気なポーズで言ってくる。

ン！」

「馬ってそうそういないし、公道に」

助けを求めて侑名を見たら、この状況《じょうきょう》でユイユイ先輩にプリンをアーンしてもらってる。

「ちょっと侑名！」

わたしがキレてんのに、悠長《ゆうちょう》にプリンを味わってから、やっと侑名が口を開いた。

「うーん、それってお庭番じゃなくて、別れさせ屋とかの仕事じゃないですか?」

「いや、まずつきあってねえし。つうか別れさせ屋とかヘンなゴシップの見すぎ！」

そっこーでしおりん先輩がツッコんで、盟子先輩が言った。

「あんたたちお庭番に西村さんのとこ行ってストーキングをやめさせろ、って言ってるんじゃないってば。はー、わたしだってこんな話、巻《ま》き込《こ》まれたくないしほんと勝手にしてくれって気持ちだけど、連中が困ってるのは事実みたい。あの男子寮がめずらしく女子寮のお庭番制度を頼《たよ》ってくるくらいだもの。でも男子の話だけ鵜《う》のみにして、西村さんにこっちからいきなり注意とかするのも、いやでしょ。まあ、さいわい西村さんと同じクラスの恵那も、状況把握《はあく》に協力してくれるっていうし」

盟子先輩に名前を出されて礼儀正《れいぎただ》しく力ない笑顔《えがお》を作った恵那先輩に、やさしく微笑《ほほえ》んで、芳野先輩が話を引きつぐ。

「そう、とりあえず、当人たちに話を聞いて、状況を把握するところから始めよう。西村さんが告白したのがテスト直前だったせいで、今週はそんなに騒《さわ》がれてなかったけど、高等部ではもう結構広まってるんだよね、この件」

「がんばれ！　新お庭番！」

ユイユイ先輩が大声で言って、わたしたち三人に湯のみをぶつけて乾杯《かんぱい》してきた。

「初めての事件としては、難易度低くていいじゃん」

しおりん先輩が明るく言い切ってきて、わたしは恨《うら》みがましく聞いた。

「なんで難易度低いってわかるんですか？」

「だってユリア先輩の今までの勝率考えろよ。今回もすぐカタがつきそうじゃん」

マナティ先輩が言って、恵那先輩がため息をつく。

湯のみを片づけだした恭緒を手伝ってた侑名が、空中を見てつぶやいた。

「……十九戦十九敗」

そっか、そう考えたら、すぐ終わる話か……いや、でも……。

ぐるぐる考えてると、盟子先輩が勢いよく立ち上がった。

「とにかく、明日あいつら、男子寮が相談しに来るって。昼食後に。お庭番に関わってもらうかは、そのあとで考えるとしても、代替《だいが》わりしてから最初のトラブルってことで、一応三人も同席してくれる？」

「午後なら恭緒も行けるね。部活、午前だけでしょ」

侑名がのん気な声で確認して、恭緒が緊張した顔でうなずく。

「陸上部って土曜もあるの？　ハードだわー」

たしか家庭科部の恵那先輩に言われて、恭緒が、

「はい。でも日曜は大会とかなければ休みだし、わたしヒマ人なんで他にやることないし」

って、真面目に答えた時、調理場から声がした。

「おじょうさんがた、八時になっちゃうけど、いいの？」

気がついたら、食堂にはもうわたしたちしかいない。

「はーい、今行きます」

「遅《おそ》くまですみません、ごちそうさまでした」

先輩たちが礼儀正しく返事して、わたしたちも口々にあいさつして、急いでテーブルの上を片す。

学習時間に遅《おく》れないよう、勉強道具を取りに自分たちの部屋にダッシュしながら、さっきの『新お庭番デビュー』って言葉がよみがえってきて、身震《みぶる》いする。

言っとくけど絶対武者震《むしゃぶる》いじゃない。

まったくー！

テストが終わった解放感にひたる間もありゃしないっつーの！

十月五日（土）

この東屋《あずまや》って、学園の中でも結構好きな場所だったのに最近来てなかったなと思ったけど、そういえば夏の間は蚊《か》がすごかったからだ。

十月になって、にっくき蚊はさすがにもう少なそう。

それでも、わたしは用心深くまわりを見回した。

寮や東屋があるのは学園の敷地内《しきちない》でも端《はし》っこって言うか、講堂と体育館の裏庭って感じのゾーン。

この……謎《なぞ》の男女混合グループで、東屋のテーブルを囲んでる、この図！

もし誰かに目撃《もくげき》されたら、なんていうか……めちゃめちゃ謎がられるだろうな。

土曜でも、部活で登校してる生徒が、ちょっとはいる。

わたしたちは私服と言えば聞こえがいいけど、寮にいる時まんまの部屋着丸出しっつー格好だし（盟子先輩だけは、いつでもキレイな格好してるけど）、メンバーもメンバーだし、これをなんか、イイ感じの会合と思われる心配はないだろうけど、男子の先輩と一緒にいるのって、人目が気になる。そして気になる時の、東屋のむき出し感って、ハンパない。

だけど、女子寮に入ることを許されてる男は、ただ一人、コーちゃんだけだから。

寮監《りょうかん》先生がたまに預かることがある、男子寮の能條《のうじょう》先生の子どものコーちゃん（四歳《さい》）以外の男は、たとえ寮生の家族、おとうさんやおにいさんだとしても絶対入れない。

男子禁制。

そして男子寮ももちろん、女子禁制。

となると異性と話すには、外しかない。

「寮長《りょうちょう》、なんで男子寮にはお庭番制度ないんすか？　つうか、あんたらさー、新お庭番？　マジでうらやましいんだけど。オレが女で女子寮だったら、お庭番絶対やりてえもん」

わたしたちが木のベンチに座ったとたん、ミナミ先輩が言ってきた。

「おもしろそうだし、出世コースじゃん！　女子寮って、お庭番だったやつが寮長とかになること多いんでしょ？」

わたしたちが何も答えないうちに、マシンガントークで続ける。

それを出世と言うならな！　と思ったけど、ミナミ先輩は二年生、一コしか違わないとはいえ一応先輩だから、口には出さず、あいまいに笑っとく。

なんとなくは知ってたけど、ミナミ先輩ってウルサイ。し、ムダにテンション高い。

こんなにエネルギッシュに生きてるから妙《みょう》にやせてんのかな。

制服じゃないと一年女子にだって見える外見のミナミ先輩の隣で、五年生なのにどう見ても大学生以上にしか見えない男子寮の寮長、若旅《わかたび》先輩は、超ムスッとしてる。

ミナミ先輩の騒がしさも、わたしたちと話すのも、なんならここに存在するのも全部めんどくさいって思ってるのを隠《かく》す気がない。

つうか隠してくれ。かりにも寮長なんだし。

若旅先輩は超成績いいし、人望も、あるところではあるんだろうけど、とにかく無愛想で、うちの超ステキでやさしい寮長、芳野先輩とはえらい違い。

ちなみに今日、その我らが芳野先輩は、部活があって来れない。

芳野先輩って、美術部の部長でもあるから、なんか今日は、聞いたけど覚えられない長いカタカナの名前の、美術の……アートのイベントに、部活で行っちゃった。

もちろん一緒に来てほしかったけど、芸術の秋だしね、しょうがない。

で、たよりになるのは、盟子先輩なんだけど……。

わたしは、誕生日席で優雅《ゆうが》に足を組んでる盟子先輩を、横目でうかがった。

……こっちも、あきらかに機嫌《きげん》悪い。

盟子先輩は、なんでかは知らないけど、同学年の若旅先輩と超仲悪いのだ。

もともと、盟子先輩って、人の好《す》き嫌《きら》いがあるほうなんだと思う。

副寮長だから、女子には、っていうか女子寮の中では、それをあからさまには出さないように我慢《がまん》してる感じ。

でも、男子には、なんていうか……容赦《ようしゃ》ない。

盟子先輩、と、その向かい側で気まずそうに縮こまってる恵那先輩に目をやって、しおりん先輩が横のわたしと恭緒に、ささやいてきた。

「いきなりの一人立ちっていうか三人立ちはツラかろうって、前お庭番を代表して、親バカとは思いつつ、わたしがついてきてあげて、よかったじゃろ」

恭緒がすごい勢いでうなずいてみせて、わたしも心の中で「どんどん甘《あま》やかして！」って思いながら、しおりん先輩に腕《うで》をからめた。

親子じゃないしっていうのと謎の語尾も大目にみちゃう。

「なんで三バカ先輩の中で、代表して、しおりん先輩？」

かわいいからなのか単に図太いからなのか、男子にも年上にもまったく緊張しない性格の侑名が、全然内緒話《ないしょばなし》じゃないボリュームで聞いてきて、しおりん先輩も普通の声で答えちゃう。

「恋バナ担当といったらわたしでしょ」

「そんなイメージないです」

侑名があっさり言って、

「あはは、この人ら超ウケる！」

ミナミ先輩が笑いながら若旅先輩の（！）二《に》の腕《うで》をおもいっきりパーンって叩《たた》いたので、よけい東屋の雰囲気が悪くなった。

ミナミ先輩も、侑名とは別の方向に上級生を怖《おそ》れないタイプだなコレ……。

わたしは、もう一度、校舎を振《ふ》り返《かえ》った。

不機嫌《ふきげん》な男子寮寮長と女子寮副寮長（五年）に、二年生で一番しゃしゃってる男、ミナミ先輩、四年生の恵那先輩と、校内でもそれなりに有名な三バカの一人、しおりん先輩（三年）と、一年のわたしたち（中等部一の美少女と噂の侑名含《ふく》む）、これって相当の謎メンでしょ。

わたしがテーブルに向き直ったタイミングで、盟子先輩が眉間《みけん》にシワをよせたまま若旅先輩に、ビビるくらいきつい声で切り出した。

「まず最初に、どうして市川くん本人が来ないのか説明してもらっていい？」

「湊太《そうた》先輩は、女が苦手っつーか人間が苦手なんすよ！」

ミナミ先輩が自分が聞かれてもいないのに、テーブルに身を乗り出して答えたから、つえーなと思う。

盟子先輩の声は冷たかったたし、今ので、片眉《かたまゆ》が上がった、のに、ミナミ先輩はニッコニコしてる。

「おまえはしばらく黙ってろ」

若旅先輩もミナミ先輩にきっつい口調で言ったところに、

「つーか、ミナミくん？　あんたはなんで来たの？」

しおりん先輩が質問しちゃったから、ミナミ先輩は、喜んで絶好調にしゃべり出した。

「オレ？　湊太先輩と同室だから、友情っすよ。そもそも男子寮に四年は湊太先輩だけだしー、そしたら普通、こういうピンチん時には同室の仲間の出番でしょ、オレら超仲良いし、あ、オレらって、二〇三の！　湊太先輩とオレと、六年の江口《えぐち》先輩と、あとあんたたちと同じ一年の数納《すのう》な！　そう！　で！　その仲良しの湊太先輩が困ってるとなったらさ、」

「黙れ」

若旅先輩にさえぎられたミナミ先輩は、一応閉じた口を、藤子不二雄《ふじこふじお》のマンガみたいなニンマリした形にして、わたしたちに笑ってみせた。

こいつ全然こたえてねえな。

若旅先輩のこと苦手だけど、ちょっと同情しちゃう。

こんな人材をお供につけることもやむなしってくらい、困ってるってことじゃん？

そしてミナミ先輩って数納と同室なんだ……あのスカした数納がどんな顔してこのうるさい人と暮らしてるんだろ、それちょっと見てみたい。

若旅先輩が、『黙れ』の怒《いか》りを引きずった声で話し始めた。

「最初に断っておくと、市川が女子寮に頼んでくれって言ったんじゃないからな。あいつはなんにも言ってない。西村由利亜の件で迷惑してるから、どうにかしてくれっていうのは、個人じゃなく、男子寮全体としての依頼《いらい》だ」

盟子先輩は、若旅先輩の言葉におおげさに眉《まゆ》を上げた。

こ、こわい……。

なんかこの二人の間だけ、映画の、マフィアかヤクザ？の取り引き場面みたいに緊迫《きんぱく》ー。

「それで、わたしたちに何を頼みたいわけ？」

「おまえらも知ってるとおり、先週、西村が市川に、なんだ、告白、したらしいな。市川はそれについてははっきり返事をしてないらしいんだが、というかしなかったのが悪かったんだろうな。その翌日から、西村に男子寮のまわりをうろつかれたり待ちぶせされたり」

ミナミ先輩がすかさず口をはさむ。

「寮生が何人もとっつかまって、髪《かみ》はショートとロングどっちが好きかなとかって湊太先輩の好みのタイプ聞かれたりさ、もしかして好きな子がいるの？　とか聞いてきたり、占《うらな》いしたいのか生年月日聞いてきたり、そんなこと知ってどうすんのか湊太先輩ってアイス何味が好き？　とか言ってくるし、とにかくあの人、積極的すぎっつうかグイグイくるからさあ！」

「まあ、それ男女逆っつーか、女子寮で男子が同じことやったら大問題だよねー」

しおりん先輩も相づちなんか打っちゃうと、なぜか恭緒が、

「……女でよかった」

って、ボソッと言って、とたんに、またテーブルに乗り出してきたミナミ先輩に、

「な！　男ってソンですな！」

って同意されながら、思いっきり肩をバシバシ叩かれてる。

恭緒は肩をさすりながら、どうしていいかわからないって顔で、わたしを見てきた。

盛り上がるとぶってくる人って、女子にもたまにいるけど、ミナミ先輩が問題なのは、会話の八〇パーセントは、盛り上がっちゃってるってことだ。

ミナミ先輩は3Dなみにテーブルに乗り出してきながら、テンション高くしゃべり続ける。

「オレら男だからさ、つうか紳士《しんし》ですから！　そうまでされて迷惑ーと思いながらも、恋する乙《おと》女《め》相手に超邪険《じゃけん》にもできないわけ！　そんでまあ寮の問題として、女子寮に！　あんたらお庭番

に頼もうって！　なったの！」

そこまで言って、ミナミ先輩は今度はわたしの両肩《りょうかた》をガシッとつかんできた。

「つーことで、よろしく！」

女の子みたいな外見のミナミ先輩に肩をつかまれてもそんな動揺《どうよう》はしなかったけど、よろしくされたくなくて固まってると、このハイテンション劇場をいつのまにか他人事《ひとごと》みたく頬杖《ほおづえ》をついて眺《なが》めてた侑名が、わたしの顔を見てから、ミナミ先輩に言った。

「気安くさわんなだって」

「えっ！　わりい」

ミナミ先輩はシュバッとわたしの肩から手を引っこめた。

「ちょ、先輩、わたしそこまでは思ってないって！　侑名あんた、勝手な心の声やめてくれる？

つうか超タメ口じゃん！」

「アスもタメ口になってるよ……」

恭緒が小さい声で教えてくる。

あ、やばマジで？

「こうなったら今日はみんなタメ口で！　無礼講じゃー！」

しおりん先輩がはしゃいで叫ぶと、盟子先輩がとうとう氷みたいな声で言った。

「一回、みんな黙って」

シャキーンとなって、おそるおそる若旅先輩を見たら、死んだ目で、誰のことも見ずにまっすぐ座ってる。

……怖い。

さすがにシーンとなった中、ずっと黙ってた恵那先輩がため息をついたので、みんなの視線が集中した。

注目された恵那先輩は困り眉で、おずおずと口をひらいた。

「あの、ユリアのことですけど、本人、悪気はないんだと思います」

テーブルの上で、お祈《いの》りみたいな形に組んでた手を、ぎゅうっと組み直して、続ける。

「市川くんと男子寮が迷惑してるっていうのは、ほんとにそうだと思うんです。でもあの子、いつもは告って瞬殺《しゅんさつ》だから、……その場で断られなかったのが初めてだから、ちょっと勝手が違って、それでどうしていいかわかんなくて、今ちょっとストーカーみたいになっちゃってるけど、男子寮にばっか来るのも、予想ですけど、市川くんがおとなしいから、学校でだと噂になって悪い……って気を使ってのことだろうねって、あーでも、まあ、やっぱ困りますよね」

結論を見失って、恵那先輩は、また手を組み直した。

恵那先輩って、いい人ー。

だって、ユリア先輩とは同じクラスってだけで、とくに仲良い友達ってわけじゃないんだよ？

それなのに、こんなふうに言ってかばってくれるんだから。

恵那先輩の感じよさは、軍人みたいな若旅先輩にも伝わったのか、少し静かなトーンで言う。

「そういう事情はあるにしても、市川本人には付き合う気はないんだし、今回のことではだいぶまいってる様子だ。とにかくほかのやつらもテスト期間中に落ち着かないし、いい迷惑だった」

……うーん、ですよねー。

わたしたちが微妙《びみょう》に顔を見合わせてると、若旅先輩が恵那先輩のほうに体を向けた。

「同じクラスなら、あんたから諦《あきら》めるよう西村に説得してもらうのが一番いいんじゃないか？」

「……ソウデスネ」

やばい、恵那先輩がカタコトになってる。

盟子先輩が若旅先輩をにらんだ。

「丸投げってどうなの？　べつに恵那だって西村さんとクラスが一緒ってだけなんだから、女同士だって、なんでも言えるわけじゃないし、気を使うんだけど」

「だから、どう言ったら傷つかないかを、そっちで上手《うま》く考えろよ」

「どう言っても傷つくでしょ」

盟子先輩がソッコーで切り捨てて、

「しかも関係ない第三者から言われたらねー」

しおりん先輩がつけたした。

侑名が急に手を上げて発言する。

「でも、やっぱり市川先輩本人の意見が聞きたいなー、聞きたいです」

途中で若旅先輩と目が合って、言い直してやがる。

「市川がこの場に来れるような奴《やつ》なら、もともと自分でなんとか対処してるだろ」

若旅先輩の何気にひどい答えに、ミナミ先輩がオーバーアクションでうなずいた。

やっぱり市川先輩って、そうとうおとなしい人らしい。

つうか、ヘタレなの？

深いため息をついた若旅先輩は、盟子先輩に向かって、恵那先輩に対してとは明らかに違う声で言った。

「被害《ひがい》が市川本人だけじゃなく、寮生のほとんどに及《およ》んでる状態なんだから、これはもう男子寮全体の問題だ。好意からなら何をしてもいいと思うなよ。市川がやられてることは人権侵害《しんがい》だろ」

盟子先輩の目が光った。

「人権侵害って言ったら、あんたの妹の描《か》いてる本のほうが、」

！！！

人間のオデコの血管がビキッてなるの、初めて生で見た。

若旅先輩が無言でビキッてるのを、ミナミ先輩が不思議そうに見上げてるけど、わたしたち女子は全員、若旅先輩の怒り&動揺と、盟子先輩の不敵な笑《え》みのわけを知っている。

知っているから、気まずい……。

女子寮には、若旅先輩の妹がいる。

なにを隠そうわたしたちと同じ一階の住人、一〇四号室の五年生、若旅睦生《むつき》先輩だ。

男子の若旅先輩と同学年の五年だけど双子《ふたご》じゃなくて、めずらしい四月生まれと三月生まれの兄妹《きょうだい》なの。

そして睦《むつ》先輩は腐女子《ふじょし》で、それはべつに個人の趣味《しゅみ》だし、いいんだけど、……いいんだけど、睦先輩はアニメやマンガだけじゃ足りず、男子寮の寮生をモデルにした同人誌を、こっそり描いてる。それって、けっこーやばくない？　わたしはなんかおそろしくて読んでないけど。怖いもの見たさで見せてもらったミライさんは、「美化されすぎてて、ウケる」って笑いながらも、「マンガに登場した男子寮生を見る目が変わっちゃう」って悩《なや》んでた。

若旅（男）先輩は、その本の存在を知った時、過去に妹に聞かれるまま、男子寮のことをしゃべったことを後悔《こうかい》したと思う。睦先輩は、「中身じっくりとは読まれてないから！」って弁明してたし、どうして本のことバレたのか知らないけど、妹の趣味のことは誰よりわかってるおにいさんだから（こー見えて、若旅先輩はシスコン）、本の内容がトップシークレットだってことは察知したはず。

「本ってなんすか？　つうか、なんで脂汗《あぶらあせ》？」

ミナミ先輩が固まった若旅先輩の顔をのぞきこむけど、わたしたちは無言。

しおりん先輩さえ、ニヤニヤ笑いを一応片手で隠してる。

話を持ち出した盟子先輩も、それ以上は言わなかった。

武士の情けだ。

あとちょっと、罪悪感もあるんだよね。だって睦先輩は、若旅先輩の妹だけど、わたしたちには女子寮の仲間だから。仲間の罪は、ちょっとわたしたちの罪でもある。

みんなが変に黙ったので、一人事情を知らないミナミ先輩が飽《あ》きて勝手にしゃべり出した。

「だいたいさー、湊太先輩には、西村由利亜先輩より、もっとおしとやかな子が似合うと思うわけです！　オレは！」

全員ノーコメントなのに、ミナミ先輩は明るい。

「ちなみにそーいうオレ自身は、和田桜《わださくら》ちゃんのことがタイプっつーか、いいと思ってるけど！」

「ワダサクー⁉」

ミナミ先輩のカミングアウトに、わたしは思わず裏返った声で叫んじゃって、

「ぶっこんでくるなオイ！」

しおりん先輩が大喜びでテーブルを叩《たた》いて立ち上がった。

恭緒は微妙な顔で固まったし、侑名はと思ったら、どういうわけか体育館のほうなんかを、ぼうっと見てる。どういうマイペース？

盟子先輩と若旅先輩は、そろっておもいっきしスルー。

恵那先輩は驚《おどろ》いた顔したけど、ちょっと遅れて、聞かなかったふりで視線をそらした。

こういうの知ってる、君子あやうきに近寄らずだ。

……先輩たち、マジで君子が多いね。

「ってゆー感じだったんですけど、盟子先輩、あの場でよく若旅先輩に、自分らでなんとかしろって、つっぱねなかったですよね」

昼間の報告を終えたわたしに、肉じゃがのにんじんを箸《はし》で持ち上げたままの体勢で超真剣《しんけん》に聞き入ってた小久良《さくら》先輩が、一番混んでる時間の食堂を見回してから、断言した。

「男子寮に貸しを作れるチャンスをさ、盟子先輩が逃《のが》すはずないじゃん」

「言えてる」

隣で穂乃花《ほのか》先輩が冷静に同意した。

寮内のWサクラのうちの、ワダサクじゃないほう、二年生の小久良先輩は、小説家志望を公言してる。

今から十分前、わたしたち三人が夕食を食べてるのを見つけたとたん、小久良先輩は男子寮との会合の話を聞こうと、みそ汁《しる》をこぼす勢いでテーブルに飛んできて、それから結局一口も食べないまま、話を聞いてる。集中力があるにもほどがある。

小久良先輩と同室の穂乃花先輩は、小久良先輩の『取材』に付き合わされるのには慣れてるから、黙ってニコニコしながらトレイを持ってついてきて、わたしと侑名と恭緒の報告に相づちを打ちつつ、要領よくご飯もほとんど食べ終わってる。

「あー、わたしも透明《とうめい》人間になって、男子寮との会合の場にいたかったよ！　つうか、ほんと、お庭番と同じ一階になりたかったなー。マジでネタの宝庫じゃん」

小久良先輩は、いつも寮内や学園内で起こる出来事の収集に余念がない。

将来書く小説に生かせる、っていうのがその理由。

この感じからすると、小久良先輩が家から通える距離《きょり》なのにわざわざ寮に入ったのは、小説のネタ集めのためだってウワサも、ほんとなのかもしれない。

そんなにお庭番に興味があるなら、いっそのこと自分がなればよかったのに、ってセリフを飲みこんで、キャベツのゆかりあえをかみしめる。

「小久良、今年の部屋が三階になった時も、超嘆《なげ》いてたもんね。それで三バカに続いて、また一階からお庭番が誕生したからさ、残念がるったら」

穂乃花先輩が、苦笑いで言う。

「事件は一階だけで起こるわけじゃないですよ」

侑名が変な慰《なぐさ》めを言って、恭緒が無言でうなずきながら、いつものように先輩たちの湯のみにお茶をつぎたす。

小久良先輩が一階になりたいのって、一〇六号室の『記録者』、乃亜《のあ》先輩に憧《あこが》れてるのもあるんだろうなーと思うけど、結局部屋が何階だって、こうして素早《すばや》く事件を嗅《か》ぎつけてくるんだからいいじゃん。

基本早食いで、今日も一番早く夕食を食べ終わってた恭緒が質問した。

「先輩たちは、市川先輩ってどういう人か知ってます?」

「市川先輩かー、……なんか影《かげ》薄い人だよね。男子寮にしては」

小久良先輩みたいに人間観察が趣味みたいな人でも、その程度の印象なんだ。

穂乃花先輩が、ほっぺたを人さし指でつつきながら記憶《きおく》をたどってる。

「中肉中背、よりは、やせてるか。で、顔はあっさりだよね。部活も知らないなー。指定ジャージ着てるとこ見ないから帰宅部か、入ってても文化部だろうね」

「わたしたちもその程度で。だって同じ四年の先輩たちでさえ、よく知らないんだから、しょうがないですよね」

わたしが言うと、小久良先輩は、急に侑名に聞いた。

「侑名も？　あんた人のこと見てないようで見てるじゃん」

先輩に妙な期待の目を向けられて、侑名はマイペースに眉をよせてお茶を一口飲んでから、ゆっくり言う。

「うーん、あの人、犬歯が尖《とが》ってるから、顔面打つと口の中が切れやすくて危ないですよね」

「なにそれ」

恭緒が言って、わたしもあきれて声が大きくなる。

「あんた男をプロレスラー基準でしか見ないのか！」

「でも市川先輩の歯が尖ってるのなんて、女子で気づいてるの、侑名、とユリア先輩だけかもよ。やっぱ侑名って、なんか違うわ」

「どうも」

小久良先輩のかいかぶりを、侑名は、にっこり受け入れてみせる。

穂乃花先輩が腕を組んで、テーブルのみんなを見回した。

「でもさー、寮生っていうつながりがある、わたしたちですら、こんなだよ。ほんとユリア先輩、何きっかけで市川先輩のこと好きになったのかな。クラスだって違うしさ。今までの相手は、誰もが納得《なっとく》っていうか、わかりやすーく、普通にイケメンか、スポーツとか特技とか、なにかしらで目立ってる人ばっかかだったじゃん。恋ってわかんないな」

穂乃花先輩のセリフに、わたしの頭に急にある人物の顔がバーンと浮かんだ。

「そういえば、小久良先輩って、男子寮のミナミ先輩と同じクラスですよね。ミナミ先輩、今日、ワダサクのことタイプとか言い出して！　超ビビった！」

わたしがチクると、恭緒が思い出し動揺してお茶をこぼしたけど、小久良先輩は、全然意外な顔しないで、

「あーなんかわかる気がするわ」

って、ニヤニヤした。

「わかるんですか？」

「ミナミみたいな明るくて小うるさい男が、ワダサクみたいな根性《こんじょう》すわった大人っぽい美人にひかれるって、ありがち。穂乃花もそう思わん？」

「まあねー。でもその話、内緒にしといたほうがいいよ。ミナミって、あれでかわいいって結構人気あるし。おもに上級生にだけど」

「そうなんすか！」

驚きの新情報に、わたしと侑名と恭緒が、口にチャックのポーズをしあってると、当のワダサクが、ミライさんと涼花《すずか》と一緒に食堂に入ってきた。

そわそわした空気の中、小久良先輩が突然《とつぜん》、伸びあがった。

「ワダサクー。ちょっと来て」

ワダサクは、一回テーブルに着いてたけど、すぐに箸を置いてやってきた。

「なんすか、小久良先輩」

ワダサクは元ヤンなので、目上の人には基本、礼儀正しい。

「ワダサクさー、男子寮の二年のミナミとしゃべったことある？」

「ありますけど」

ワダサクのけげんな顔と、小久良先輩の好奇心で輝《かがや》いた顔を見くらべて、ヒヤヒヤする。

「どう思った？」

ワダサクは眉間に迫力《はくりょく》あるシワをよせながらも、真面目に考えてから答えた。

「なんつーか、心が通わないこと虫のごとしっつーか」

「ぎゃはは、ウケる！」

小久良先輩が、手を叩いて喜んで、穂乃花先輩は、

「やっぱ、いかすわ、ワダサクって」

って、笑いながらも感心っぽく言った。

恭緒は気まずい半笑いになって、侑名はツボってテーブルにつっぷして震《ふる》えてる。

だけど虫って！

わたしは「？？？」って顔でつっ立ってるワダサクに愛想笑《あいそわら》いしながら、いきなり肩をつかまれたこととか、ぜんっぜん水に流してやっていいって思うくらい、ミナミ先輩に同情した。

十月六日（日）

「三時だよー、おやつの時間だよー、なんか食べたい！　できれば甘いもの！」

ユイユイ先輩が恭緒の膝に両足を乗せてソファーに寝転《ねころ》んだまま、談話室の時計を見上げてデカい声で叫ぶと、テレビを見てたケミカル先輩がグミを袋《ふくろ》ごと投げてくれた。

「一人二個ずつ取りな！」

「わーい！　やったー！」

「ごちです！」

「ありがとうございます」

「先輩ラブです！　鬼ヶ島《おにがしま》でもどこでもお供します！」

ソファーの上で、侑名とわたしと恭緒とユイユイ先輩は、口々に言って、個包装のグミをテーブルに広げて、何味もらうか真剣に選んだ。

夕食までグミ二個じゃ全然もたないけど、貴重な糖分だ。できるだけゆっくり噛《か》んで長持ちさせなきゃ。

昨日はなんだか忙《いそが》しくて買い物にも行けなかったし、共同のおやつ入れのおやつは、午前中に一個食べちゃったから、今日はもう食べられない。わたしたちにだって、モラルがある。

今日は一分も勉強してないし、朝からグダグダしっぱなし。

テストが終わった週末は、こうでなくちゃ。

だけど、こんな日曜日にも、だらけてない人たちも多い。

しおりん先輩は、最近まとまった時間があると日舞《にちぶ》のお稽古《けいこ》に行ってる。

小さい頃《ころ》からやってたわけじゃなくて、最近始めたっぽいけど、しおりん先輩のおかあさんも昔、舞妓《まいこ》さんだったっていうから、なんか昔のコネとかあるのかな。

マナティ先輩は、一番近いスポーツクラブのプールにトレーニングに出かけて行った。

うちの学園にはプールがないから。

もし逢沢学園にプールがあったら、マナティ先輩は、このままずっと転校せずにいてくれたのかな。

「恭緒どした？」

大きなため息をついた恭緒に、寝転《ねころ》がったままユイユイ先輩が聞いた。

グミを食べたあとの小袋《こぶくろ》を細く折りたたみながら、恭緒は小さい声でゆっくり答えた。

「昨日のこと思い出したら、告白の……なんか広まっちゃってっていうか、大きい話になっちゃって、ユリア先輩がかわいそうな気がして」

！　わたしも、それはちょっと思った！

「ね！　恵那先輩が若旅先輩に言われてたけど、ほんと、こそっと恵那先輩だけに話して、ユリア先輩のしてることを止めてもらったほうが、よかったんじゃないかなって、わたしも思っちゃった。自分の恋愛のこと、女子寮と男子寮のみんなに話し合われるとか、超はずいよね」

わたしが言うと、ユイユイ先輩が寝た姿勢のまま恭緒に乗せてた足をドーンってわたしの膝に移動させてきた。

「そしたら恵那先輩の負担が大きくね？　一人にやらせたらさ」

ユイユイ先輩は昨日参加しなかったけど、しおりん先輩から詳しい話を聞いてる。

「大きい話だとユリア先輩がかわいそうかもしんないけど、小さい話にしたら、恵那先輩がかわいそうじゃん」

ユイユイ先輩にそう言われたら、そうな気もする。

「そうかも」

人の意見に影響《えいきょう》されやすいわたしがつぶやくと、ユイユイ先輩はいつもの調子で言う。

「男子寮だってさ、依頼するほうだって、個人により、お庭番っていうか女子寮っていう団体に頼むほうが気がラク、ってあると思わん？」

「あー、お客さま相談窓口みたいな」

侑名がグミの袋を手に取って眺めながら言った。

「まあね、人によるだろうけどさー」

ユイユイ先輩が軽ーく返すと、グミを回収しにきたケミカル先輩が、去り際、「女同士はむずかしいかんねー」って言って行った。

ユイユイ先輩は、困惑《こんわく》顔してる恭緒の膝の上にダンッて足を戻《もど》して言った。

「だからのお庭番で、だからのピープル・ヘルプ・ザ・ピープルじゃん！」

「……そうかもですね。なんか、もっと……、いろんな立場から考えなきゃか」

真面目な声で恭緒がつぶやいて、テーブルに置いてたノートに手を伸ばした。

恭緒はお庭番に任命されてから、ヒマがあれば昔の『お庭番日誌』を読んでる。

ふだん恭緒って、怖い本しか読まないのに（クラスの子が貸してくれる恐怖《きょうふ》マンガと図書館で借りる、学校の怪談《かいだん》みたいなやつ。サワヤカなイメージの恭緒の、意外な読書嗜好《しこう》）。

「恭緒はもうそんだけ読めば、イメトレは充分《じゅうぶん》だろ。でさ、お庭番日誌だけでわかんない時があったら、乃亜先輩に聞けばいいよ」

ユイユイ先輩が言って、恭緒がノートを抱《だ》きしめてうなずいた。

一階の一番奥《おく》の部屋、一〇六号室の六年生の浅川《あさかわ》乃亜先輩は、『記録者』だ。

作家志望って公言してる小久良先輩と違って、べつに小説家になりたいとかじゃなくて、ただ小さい時から日記を書くのがすっごく好きなんだって。四歳の時からつけてる自分の日記だけじゃ足りなくて、寮に入った時からずっと、オリジナル寮日誌もつけてるの。自主的にだよ！　誰にも頼まれてないのに、マジすごくない？　小学生の時の夏休みの宿題で、一番手こずったのが日記だったわたしには考えられない。

たとえば、みんなで話してる時に、「ブッチが階段から落ちた日って五月の何日だっけ？」ってなったら、乃亜先輩に聞きに行けば、すぐに何日かわかんの。

乃亜先輩って、きっと記憶力自体いいんだろうなって考えてたら、廊下《ろうか》を小さい影が素早く横切った。

「あ、コーちゃん来てるね」

ぼーっとしてるわりに動体視力のいい侑名が言った。

コーちゃんは幼児にしては、そんなうるさい子じゃないし、女子寮では座敷童《ざしきわらし》感覚。

能條先生が忙しい曜日には、保育園のお迎《むか》えは男子寮の生徒が行ってあげてるみたいだし、一緒に暮らしてるだけあって、基本、あの子は、男同士っていうか、わたしたちより男子寮のおにいさんたちのほうが好きで、そういう、よくいる女好きの幼児じゃないところも、かわいい。

「コーちゃんって、いつまで女子寮に入っていいのかな？」

わたしが思いついて聞くと、恭緒が首をかしげた。

「何歳《なんさい》までってこと？」

「銭湯って何歳までだっけ？」

侑名の発言に、ユイユイ先輩が飛び起きる。

「ちょっと待った！　うちら裸《はだか》じゃねーし。そこ参考になんないから」

「そうですかー」

「でも、いつか急に、女子寮にはもう入っちゃだめって言われたら、コーちゃんショックだろうな」

わたしが想像して超つらい気持ちになって言うと、ユイユイ先輩が笑った。

「心配しなくても、あの子のほうから、女の家なんか行かねってなるんじゃん？」

「それショックー！」

ソファーに倒《たお》れたわたしの横で、子ども好きな恭緒も頭を抱《かか》えた。

「耐《た》えらんないかも！」

わたしたちにダメージを与《あた》えておいて、ユイユイ先輩は元気にソファーからジャンプして、

「よっしゃ、じゃあ今のうちに遊んでもらおっと！」

って、走り出ていった。

ユイユイ先輩が開け放していったドアから、入《い》れ替《か》わりに紺《こん》ちゃん先輩が顔をのぞかせた。

「あ、いたいた。お庭番の三人、ちょっとうちの部屋来てくんない」

一〇三号室の紺ちゃん先輩たちの部屋に行ってみると、畳《たたみ》ゾーンには、恵那先輩とトラベラー先輩がいた。

二人してミニテーブルの上で頭を寄せて、スマホとルーズリーフを見くらべてる。

「とりあえず座って」

「おじゃましまーす」

紺ちゃん先輩にテーブルを指されて、わたしたちは声をそろえた。

紺ちゃん先輩も同室のイライザ先輩も、ムダに物を持たないタイプで、一〇三は、ほかの部屋

より、かなりすっきりしてる。それでもミニテーブルを囲んで六人で座ると狭《せま》すぎて、部屋の主の紺ちゃん先輩は、わたしたちに場所を譲《ゆず》って自分は壁《かべ》に寄りかかった。

イライザ先輩は、日曜の今の時間は、学校の音楽室にいるはず。ピアノの自主練は日曜だって休みなしなのだ。すごいですなあ。

恭緒と座布団《ざぶとん》を半分こして座った侑名が、わたしたちが来ても無言でスマホの画面に集中したままのトラベラー先輩を眺めてから、恵那先輩に聞いた。

「これってなんの集まりですか？　ユリア先輩関係なのはわかるんですけど」

ルーズリーフを手にむずかしい顔してた恵那先輩は、「うーん」って言って、わたしたちを順番に見つめてから紺ちゃん先輩に助けを求めた。

「紺ちゃん、説明プリーズ」

イケメンなのは外見だけじゃなくて、なにかとみんなに頼りにされる紺ちゃん先輩は、しょうがないなあって感じの苦笑いもかっこよく、わたしたちに向き直った。

「昨日の、西村さんと男子寮の件を聞いて、とりあえず、わたしら四年で、週末にできるだけのことをやってみたんだよ。西村さんはうちの学年だし、女子寮には四年生、十人もいるじゃん？　恵那は一人で気に病《や》んじゃうし、先輩たちや新しい一年のお庭番にまかせっきりってわけにもいかないから。で、トラがそーいうの得意だから、ちょっと調べてもらったら、なんか微妙なことになってた」

「微妙なこと?」

わたしが聞くと、恭緒と侑名も、紺ちゃん先輩とトラベラー先輩の顔を見くらべた。

紺ちゃん先輩が、口をとがらせてみせてから続ける。

「西村さんの今回の件が、学園内でどれくらい広まってるのかとか、今までの告白の相手とか、状況とか結果、どんなだったっけって、四年のみんなで情報出しあってたんだけど、どうもあんまりそういうのに興味ない面々が集まっちゃっててさー」

わたしは寮の四年生のメンバーを、一階から順に、思《おも》い浮《う》かべた。

一〇三の紺ちゃん先輩、イライザ先輩。

二〇四の水蓮《すいれん》先輩、楓《かえで》先輩。二〇五のモナたん先輩、オフ子先輩。

三〇四のトラベラー先輩、このか先輩。

四〇三の恵那先輩、ウキ先輩。

うん、見事に誰も、ユリア先輩が学園で属してる、女子力高いグループじゃない。

「で、じゃあネットに頼るかってことで、トラがチャチャッと調べてくれたんだけど、そしたら」

紺ちゃん先輩が言葉を切ると、恵那先輩がため息をついて、トラベラー先輩が肩をすくめた。

かっこいい顔をちょっとしかめた紺ちゃん先輩は、声のトーンを落として続ける。

「微妙っていうのは、市川くんのほうにちょっと注目が集まっちゃってるとこなんだよね」

「え？　どうゆうことですか？」

「西村さんの恋の相手としては、市川くんって地味すぎて、逆に興味持っちゃった人が、何人かいるみたい。西村さんの歴代の告白相手との比較《ひかく》とかされてて、あと、市川くんの前の学校時代のこととか、あ、彼《かれ》、途中編入組なのね、そういう関係ないことまで話題になってて、ちょっとびっくりした。西村さんも、今までの告白はわりと面白《おもしろ》がられるばっかりだったけど、今回のはなんか叩かれ始めてるっていうか」

「……えー、ちょっと待ってください、それって、なにかＳＮＳ？　裏サイト？　とかで書かれてるやつですか？　どこで？」

わたしが叫ぶと、紺ちゃん先輩は、唇に両手の人差し指で作った×をあてて言った。

「ノーコメント」

だけど！

「うっそ、怖い！　なんて検索《けんさく》したら見れるんですか？」

「アスみたいにハートのやわらかい人は見ないほうがいいよ」

中腰《ちゅうごし》になったわたしに紺ちゃん先輩が言って、恭緒が低い声でつぶやいた。

「っていうか逢沢学園にもあるんだ、そういうの」

わたしも座り直して恭緒に寄りそって言った。

「ね、なんかショック！　逢沢学園って平和だと思ってた。よその学校にくらべて」

「うーん、でもどこも噂話くらいはみんなするんじゃないかなー」

わたしたちよりドライな侑名がのん気な声で言うと、紺ちゃん先輩がニコってしてわたしたちを見た。

「だいたい、ほんとに平和だったら、お庭番いらないじゃん」

「あ、そうすね」

うなずいたわたしに、腕を組んだ紺ちゃん先輩が言う。

「わたしは、今回のって、女子寮が首つっこむ話でもないかと思ってたけど、ネットの噂が、西村さんのプライベートや市川くんの中学時代とかまでいっちゃってるのが、まあ、ありがちではあるけど、やだなーと。早いとこ決着つけさせたほうがよさそう。告白の決着がつけば、今面白がってる人たちも、どうせ一気に興味失うよ」

「そんなヤな話が載《の》ってるんですか？　わたしスマホ持ってないから、ＬＩＮＥとか？のグループとかよくわからないけど、そういうのに」

なんだか顔色まで悪くなってる恭緒が小さい声で聞くと、紺ちゃん先輩はまた口の前で×を作ってみせたけど、×の向こう側で、「そーでもないよ」って、つけ足した。

「でも、そんなの言わしときゃいいじゃん。人の目なんか気にしてなんになるわけ」

今まで黙ってつまんない顔してたトラベラー先輩が、突然しゃべった。

トラベラー先輩が人の目を気にしてないっていうのは、まあ、一目でわかる。

わたしは、あらためてトラベラー先輩のコントみたいなおさげと、前髪《まえがみ》をぴっちりとめてる黒いピンをまじまじ見た。トラベラー先輩が、あの『絵に描いたような女子高生』のユリア先輩と同じ空間にいるとこって、想像するの難しすぎる。

トラベラー先輩は、『絵に描いたような昭和の人』だ。

トラベラー先輩、略さなければ、タイムトラベラー先輩は、今だって、スマホ持ってるのが合成みたいに見える、カンペキな昭和ルック。どこで買ったのか謎な硬い襟《かたえり》のブラウスと、ハンパに長いスカートに白い靴下で、どうみても朝ドラの登場人物にしか見えないし。

しかもそれをレトロ狙《ねら》ってやってるんじゃないとこが……。

でも見かけによらず、寮で一番機械に強くて、『科学の子』とも呼ばれてるトラベラー先輩が、こういうネットの情報収集とかに駆り出《かりだ》されたのは、納得。寮のパソコンとかヘンになると、寮監先生たちにも頼られてるもん。

ふだんほとんど表情を変えないトラベラー先輩が、ぎゅっと眉をよせて、きっぱり言った。

「わたしはこれ、お庭番の案件じゃないと思う。当事者同士がどうにかするべき」

「まあまあ、関わるかどうか決めるのは芳野先輩たちだよ」

紺ちゃん先輩がトラベラー先輩におだやかな声で言って、わたしたちには、

「男子寮には、ネットのことは、まだ黙っとこう。騒ぎが大きくなるだけだから」

って、ささやいた。

「うーん、市川くんだって、変に噂されてるの、知らないなら知らないほうがいい話だもんね」

恵那先輩がぐんにゃりとテーブルにほっぺたをつけて言った。

盛り下がった空気の中で、紺ちゃん先輩が気分を入れかえる感じに、テーブルの上で放置されてたルーズリーフに指を突《つ》き立《た》てた。

「ま、その情報収集の過程で、西村さんの過去の戦歴も詳しくわかったから、一応、一覧にしてみた。見る？　今までの、十九回の恋の詳細《しょうさい》。これは、まあ、四年生以上なら、リアルタイムで知ってることだから、べつに秘密の個人情報ってほどでもないし」

紺ちゃん先輩のセリフに、恵那先輩がルーズリーフの向きをわたしたちのほうに変えて言った。

「ここから今回の対応策が浮かぶといいんだけど」

「頻繁すぎて、今までそんな意識したことなかったけど、まとめて見ると、すごいね。西村さ

んってガッツあるわ」

紺ちゃん先輩が、イヤミじゃなく、ほんとに感心したって声で言う。

恵那先輩の小さくて丁寧《ていねい》な字が並ぶルーズリーフをのぞきこんだ、わたしたち三人に、トラベラー先輩が感情のない声で言う。

「列挙してはみたけど、あんまり参考にならないと思う。だって今までの男……人はみんな、その場ですぐ断ってるんだから。こんなに長引いたケースは過去ないんだよ。それに、わたし去年は、ユリアと同じクラスだったから何回か告白現場に居合わせたけど、あの子が告白してフラれたあと、落ちこんだり引きずったりしてるのだって見たことない。さっぱりしたもんだったな」

「今回のケースは、例外中の例外なんですね」

侑名がルーズリーフから目を上げずにつぶやいた。

恭緒がリストを指でたどりながら、

「なんて言って断ったか、セリフまで書いてある人もいる。こんなにまわりに知られちゃってるんですね……」

って悲しい声を出すと、トラベラー先輩は恵那先輩に言った。

「過去の男たちの断り方がわかってもさ、市川くんが、ごめんなさいするセリフを、わたしたちが考えてあげるのとかおかしくない？　バカみたい」

……。

トラベラー先輩は、頼まれて一応協力はしてくれたけど、ユリア先輩のことも今回のことも、気に入らないって感じか。

恵那先輩は、トラベラー先輩の、服装と同じくらい生真面目《きまじめ》な表情に向かって、ため息をついて答えた。

「わたしだって、そう思う。でも関わっちゃったからには、ね……」

「恵那先輩って、責任感ありますね」

侑名がルーズリーフから顔を上げて、にっこりした。

「……ありがと」

力なく笑い返した恵那先輩が不憫《ふびん》だ。

真面目なやさしい人がソンする世の中って間違《まちが》ってるよー。

姿勢を変えて紺ちゃん先輩を見てみると、紺ちゃん先輩も苦笑いしてる。

わたしは気を取り直して、ルーズリーフの『戦歴』に視線を戻した。

こうしてずらっとリストになると、十九人って、ほんとすごい。

リストの最初のほうは、みんな、知らない名前。当たり前か、わたしたちが入学する前のことなんだから。どうして断ったか、理由も書いてある人から、読んでみる。

まず①、入学して一週間後に、高等部の生徒会長にいきなり告白してる。（この人には副会長の彼女《かのじょ》ありで×）こんなの、どう考えたって、ムリでしょ。わたしが若旅先輩に告るようなもんだ。

③、文化祭のバンドのボーカルでかっこよかった三年生。（断った理由・ベースの女の先輩が彼女だった）ありがちですなー。

ユリア先輩が二年生の時には、⑥、一年生の学年トップの天才少年。（理由・年上とかムリって×）

「っていうか、ユリア先輩、年上も年下も、どっちもいけるんだ。守備範囲《はんい》ひろっ！」

わたしがつぶやくと、恭緒がうなずく。

「ね、自由だ……」

⑨、教育実習の先生。（大事な生徒としか見れないって、×。あとからわかったけど、大学に同級生の彼女がいた）

あ、そうそう、髪型残念イケメンの徳山先輩が、いい髪型になった時も、そっこー好きになったんだよね。

でも、あの時は、ほかにも同じように恋に落ちた人がいっぱいいたからしょうがない。

あれはしょうがない。

それに徳山先輩は超絶イケメンになっても残念だった時と変わらずシャイだから、ユリア先輩だけじゃなく、告った女子は全員フラれたし。

はー！

しゃべったこともない先輩の玉砕の記録だから見るの気がひけると思ったけど、やばい、面白いな、このリスト。

侑名が、細長い指でリストの一点を指した。

「あ、これって能條先生」

！！！

「えええ能條先生って三十何歳とかじゃないですか！　しかもコーちゃんのお父さんだし！」

わたしが大声を出すと、恭緒もびっくりした顔を上げて言う。

「能條先生の×の理由は書いてないですね」

「それはわかんなかった。さすがに先生はペラんないし。でも調べるまでもないでしょ、まともな教師が生徒と付き合うわけない」

トラベラー先輩が無表情に言うから、リストに戻る。

「え、これとか、この名前とか、女の人ですよね。女の人も好きになっちゃったんですか？」

どう見ても女子の名前を見つけてわたしが指さすと、

「……自由だ」

恭緒がまたつぶやいた。

「まあ、その先輩は、たしかに大勢の女子に人気あったんだよ。バンドのボーカルやってたし、文化祭の劇で男役もやったから。こうして見ると、紺ちゃんがホレられなかったのが奇跡《きせき》だね」

恵那先輩が言うと、紺ちゃん先輩がウインクしてみせる。

やだ、かっこいい……。

ファンクラブある人のウインクは一味違う。

「だけど、ユリア先輩って、こんなにたくさん好きな人ができるって、……人のいいところを見つけるのが上手いんですね」

恭緒がぼんやりした顔で妙に真剣な調子で言ったから、トラベラー先輩が、

「精一杯《せいいっぱい》いいふうに取れれば、そうだろうね」

って答えて苦い顔をした。

わたしたちは黙って、もう一度リストに頭を寄せた。

十月七日（月）
さっそく三教科も返ってきたテストの結果に一喜一憂《いっきいちゆう》した月曜日の授業が終わって、やっと寮

に帰ってきたら、玄関《げんかん》の前に座った侑名とミルフィーユ先輩が、木の枝で遊んでるところだった。

「おかえり」

「ただいまー」

わたしもミルフィーユ先輩の隣にしゃがむと、先輩は冷たい鼻をわたしの膝にくっつけた。

そのままなんとなくミルフィーユ先輩の首輪の下をマッサージしてると、早足で帰ってくる恵那先輩が見えた。

「やばいよやばいよ！」

「え、なに？　どしたんですか？」

ただいまも忘れてめずらしく早口の恵那先輩に、わたしが聞くと、侑名が真顔で首をかしげる。

「出川《でがわ》？」

「出川じゃねーよ。なんでこんな時にモノマネしなきゃなの？　それより！　まずいの、今度はユリアまで、お庭番に話聞いてほしいって！」

「えええ！」

恵那先輩の言葉に動揺したわたしの大声に、ミルフィーユ先輩が驚いて後ずさった。

「どうしよ、超予想外なんだけど」

ふわふわの天パを両手で押さえてつぶやいた恵那先輩が、ミルフィーユ先輩を見た、と思ったけど、見てたのは、ミルフィーユ先輩の後ろの花壇《かだん》の中にある石碑《せきひ》だった。

ピープル・ヘルプ・ザ・ピープルの。

恵那先輩は一瞬《いっしゅん》唇を噛んでから両手を組み合わせて、もう一回つぶやいた。

「ああ、もう、どうしよう！」

「どうしましょう！」

わたしも立ち上がって、とっさに恵那先輩の手をつかんじゃった。

手を取り合う恵那先輩とわたしを見くらべて、侑名が言った。

「とりあえずお風呂《ふろ》行っときます？」


「それで、ユリア先輩、男子寮付近をウロつくのは金輪際やめる、って宣言したんですか？」

しおりん先輩が、ゆで玉子みたいにつるんとした白い顔で聞いた。

超特急で頭と顔と体を洗ったわたしたちは、湯船の中で円陣《えんじん》を組んだ。

あせった時は、とりあえずお風呂をすます。これ、女子寮の常識。

なにかやらなきゃいけないことがあって、夜、限られた時間を有効に使おうと思ったら、先にお風呂に入っとくのが一番効率がいいから。

どうしていいかわからない時は、とにかくできることからやっとくべきっていうのは、寮に入って学んだこと。不自由な生活は人を合理的に変えるのだ。

でも今日は、浴場でいつのまにか合流してきた、しおりん先輩のせいで、『とりあえずのお風呂』だったはずがそのまま、会議になっちゃった。

「そう、わたしが今日、朝イチで、すっごい心の準備してユリアのとこに行って、『男子寮にはあんまり行かないほうがいいよ』ってことだけでも言おうとしたわけでしょ、そしたら教室に入ったとたん、むこうから飛びついてきたんだもん、超ビビった」

恵那先輩が悲愴《ひそう》な顔で話し始めた背後では、今日も潜水《せんすい》練習中のマナティ先輩が沈《しず》んでる。

マナティ先輩は今月からゴーグルを導入した。

導入初日は全裸《ぜんら》にゴーグルって姿に、みんな溺《おぼ》れるほど爆笑《ばくしょう》したけど、そのマヌケな姿にも、もうすっかり飽きて、すでに日常と化してる。

慣れって怖い。

背後に聞こえるゴボゴボ音を完無視して、恵那先輩は話し続ける。

「ユリアね、市川くんと男子寮に迷惑かけたことは反省してるし謝罪したいけど、市川くんのことは、やっぱり好きだから、あきらめられないし、ちゃんと自分の口からも説明したいんだって、お庭番に」

「そうきましたかー」

わたしが嘆くと、しおりん先輩が湯船の中で腕組みして、

「だけど、どうしてお庭番が男子寮に依頼されてんのが、ユリア先輩にバレたのかな？」

って不思議がる。

侑名が唇すれすれまでお湯につかってまぶたをこすりながら、のんびり口を開いた。

「土曜日、男子寮の人たちと東屋にいた時、体育館のとこにボール取りにきて、わたしたちのほうずっと見てた女子の先輩がいたんだけど、ユリア先輩と一緒にいるとこよく見るから、やっぱお友達だったのかな」

「！　なんでそれ黙ってたの侑名！」

「気づいてたなら言えよ！」

しおりん先輩とわたしに詰《つ》め寄《よ》られた侑名は、「今度からは言うね」って、ヘラヘラ笑った。

まったくもう、こいつはー。

お風呂だと、そばかすが濃《こ》くみえる恵那先輩が、わたしたちに向かって両手を合わせた。

「ユリアは、とにかくお庭番の三人に、話を聞いてほしいんだって。すっごく悪いんだけど、お

願いできる？　聞くだけ聞いてあげたら、あの子もそれで気がすむかもしれないし」

「うーん、聞くだけならいいですけど」

わたしは、つい、うなずいてしまう。

なんか男子寮と話したら勢いがついたっていうか、……ユリア先輩とか、先輩とはいえ女子一人と話すのくらい、べつにいいかって気がして。

ザッバーンって勢いよく浮上《ふじょう》してきたマナティ先輩の盛大《せいだい》な水しぶきを浴びながら、なんだかいろいろ感覚が狂《くる》ってきちゃった自分を感じる。

それっていいこと？　悪いこと？

マナティ先輩から受けた水害は全員スルーしたまま、話を進める。

お湯がかかったせいでおでこに貼《は》りついた前髪をなで上げながら、侑名も言った。

「わたしもいいですよ。あとは、恭緒が帰ってきたら聞いてみないとですけど」

「よかった」

「いいね！　呼ばれた時はグイグイ行け！」

恵那先輩としおりん先輩に言われて、わたしは目に入るお湯か汗《あせ》をぬぐってからつぶやいた。

「……なんかわたしも不公平って、気がしてたんですよね。男子寮からしか話聞かないのって。一方的っていうか」

恵那先輩はわたしの言葉に微妙な顔をして、首をかしげてしまった。

急に不安になる。

「ていうか、でも、マジで聞きに行くの、わたしたちでいいんですか？　芳野先輩や盟子先輩じゃなくて」

わたしが聞くと、侑名も恵那先輩を見つめた。

「だって、お庭番にってご指名なんだもん」

恵那先輩が苦笑いして言って、しおりん先輩が自信満々に指を立てる。

「いいんだよ、今までも、そーいうのは、寮長や副寮長じゃなく、お庭番の役目だったんだからさー。だいたい二人とも忙しいし、情報収集はトップの仕事じゃないじゃん」

「それもそうですねー」

侑名が安易にうなずいて、しおりん先輩が満足そうに続けて言う。

「だからお庭番の一番の仕事って、話を聞いてくることなんだよ！」

「ユリアにお庭番の三人が会いに行くこと、芳野先輩と盟子先輩には、わたしが相談しとく。ないとは思うけど、もし先輩たちから待ったがかかったら、またその時考えよ」

恵那先輩の言葉に、わたしたちは神妙《しんみょう》にうなずいた。

侑名が、再び潜《もぐ》ってるマナティ先輩が水中でたてた不穏《ふおん》な音を振り返ってから、言い出した。

「それにしても、お庭番の存在って、学園内でどれくらい知られてるのかな。わたし、クラスで仲いい子以外に、その話題出されたことないですよ」

「侑名はそうかもしれないけど、わたしはちょっとずつ、違うクラスの子にも言われてるよ」

美少女っていう近寄りがたさで、知らない人にあんまり話しかけられない侑名と違って、わたしはすっごく気軽に、しゃべった記憶がない子からも話しかけられるんだよね。

悲しいけど、自分のハードルの低さを自覚してるわたし。

「なんて言われてるの？」

「なんかあったら頼むね、とか、初仕事まだ？　とか、お庭番の制度そのものを初めて知った子たちが、面白いよねとか、仕事人みたいじゃんとか。他人事《ひとごと》だと思ってさー」

侑名は、黙って目を大きくしてみせた。

この人は、人からどう見られてるかに鈍感《どんかん》すぎ。

わたしたちがお庭番になったこと、もちろん学園内で大っぴらに宣伝したりしてないけど、やっぱりちょっとずつ広まってる感じ。

っていうか、一年生には基本隠されてたお庭番の存在が、じわじわ部活の上級生とかから伝えられてるところなのかな、今。

わたし部活に入ってないから、寮生以外の上級生と話す機会がなくて、よくわからないけど。

恵那先輩が、ちょっと心配なくらい赤くなった顔で、

「とりあえず、男子寮にどう報告するかは保留にして、お庭番の三人でユリアと会ってもらったら、また芳野先輩たちとか、みんなで話して決めるのでいいかな」

って言って、わたしはうなずいたけど、侑名が首をかしげたから、恵那先輩が聞く。

「侑名、なんかある？」

「仕事として考えたら」

侑名はそこまで言って、わたしたちを見回してから、きょとんとした顔で続ける。

「両方から依頼受けるって違法《いほう》じゃないですか？」

「恋愛に法律などない！」

しおりん先輩が侑名の発言にかぶる勢いで、テンションマックスに叫んだ。

大声のエコーで、洗い場で頭を洗ってる人たちまで泡《あわ》だらけで振り向いた中、潜水してたマナティ先輩がザバーンと浮上して、

「そうだっ！！！」

って参加してきた。

「マナティ先輩、水中で聞こえてたんですか？」

やばいくらいゼエゼエしてるマナティ先輩に侑名が聞く。

「……っつっ、超……断片的《だんぺんてき》にっ……だけどな……」

荒《あら》い息で答えるマナティ先輩をスルーして、恵那先輩が暗い声で言う。

「ユリアもいいとこある子だしって思って、わたしが、今日もはっきり断れなかったのも悪いんだよね」

わたしはふと思いついて言ってみる。

「この際、オフ子先輩送りこんでみるとかどうですか？　ユリア先輩とも四年生同士だし、知り合いじゃないんですか？　いろいろ、ぶっちゃけてはっきり言っちゃうのも、こういう場合早期解決になるかも」

オフ子先輩の発言って超トラブルのもとだけど、言ってることは基本、正論だから、たまーに化学反応？　でいいふうに作用することもあるのだ。ごくたまに。

お風呂にいるから思い出したんだけど、たとえば、入寮《にゅうりょう》してから一ヵ月くらいたっても、ブッチが浴場には一回も入らないで、シャワー室だけを使ってたこと、みんな、気づいてたけど、恥ずかしいんだろうなって触《ふ》れずにいたのに。

ある日突然、オフ子先輩が、「みんなに裸見られるのがハズいってさー、あんたべつに服着てても着ヤセしてないから意味なくない？」って大声で言ったのだ。脱衣所《だついじょ》にいた全員が凍ったし、ブッチもなんにも言わないで泣き笑いみたいな表情を浮かべてて、わたしはもうおしまいだ！　って思ったけど、次の日からブッチは、みんなと一緒にお風呂に入るようになった。

オフ子先輩の直球は、ごくたまに、ごくごくたまに人を救う。

正論に勝《まさ》るナントカなしだから。

だけど恵那先輩は、のぼせただけじゃなさそうな、うつろな目で断言した。

「だめ。それは最終手段」

「ですかー」

「オフちゃんが恋愛関係に口出すと、しゃれになんないっていうか……過去にもいろいろあったんだよね、しおりんとマナティは知ってるでしょ。……オフちゃんがユリアにはっきり言って、そのせいでオフちゃんが学園内で、ほかの女子にこれ以上反感買うのは避《さ》けたいよ」

オフ子先輩のことオフちゃんって呼ぶの、恵那先輩だけだ。

にしても、今のセリフだけで、恵那先輩が気い使いの友達想《おも》いだっていうのがわかる。

「あー、オフ子先輩、学校ではオフられてないですもんね」

しおりん先輩がしみじみ言って、やっと呼吸が普通になってきたマナティ先輩が、ゴーグルの位置を直しながら、「寮みたいにはいかないっすよねー」って言った。

二人は三年生だから、わたしたちよりたくさん、オフ子先輩関係のトラブルを見てきたんだろう。

わたしは侑名と顔を見合わせた。

やっぱわたしみたいな経験の足りない人間の浅知恵《あさぢえ》は役に立たないな。

マナティ先輩がまた勢いよく水没《すいぼつ》したのを合図に、わたしたちは湯船を出た。

マジで頭がクラクラしてきたから、これ以上のお風呂での話し合いは危険だ。


「恵那に聞いたよ。西村さんに呼ばれたこと」

全体集会が終わったあとの集会室で、芳野先輩に声をかけられた。

みんなが廊下に出て行く波をぬって、盟子先輩と恵那先輩も来た。

「わたしたちでいいのかなって思うんですけど」

さっき侑名とわたしから話を聞いてから、ずっと不安がってた恭緒があせって言うと、芳野先輩がにっこりした。

「お庭番の一番の役目は、話を聞くことだからね」

「それ、しおりん先輩も言ってました」

わたしが言うと、

「話聞いてあげるだけで、気がすむケースも結構あるし」

盟子先輩が、クールに言った。

けど！

「それは、先輩たちみたいな人が聞いてくれるんなら、意味がありますけど……。話すほうも」

わたしが言うと、恭緒も隣でブンブンうなずいた。

恭緒はユリア先輩に会いに行くって聞かされてから、ずっと微妙に緊張してる。

わたしが、安うけ合いしたことをちょっと後悔するくらいに。

緊張とは無縁《むえん》の侑名が、両手をわたしと恭緒の肩に回して言ってくる。

「気楽に行こうぜ！　個人の能力じゃなくて、役職が重要なんじゃない？　お庭番っていう」

「そういうこと」

盟子先輩が軽く同意して、恵那先輩がすっかり見慣れてきた困り笑いで、

「侑名って前から思ってたけど、肝《きも》がすわってるっていうか、すごいね」

って言って、芳野先輩が声を出して笑った。

「はい、もう電気消しますよ。いろいろ話はあるだろうけど、明日にして」

副寮監《ふくりょうかん》先生が電気のスイッチに指を置いて、わたしたちを急《せ》き立《た》てた。

「最初の仕事なんだから、やっぱり三人で行かないとだよね」

恭緒が体育座りで靴下《くつした》の日焼け跡《あと》を指でなぞりながら、思いつめた声で言った。

消灯まではまだ少し時間があるのに、もう自分のベッドに転がってた侑名が寝返《ねがえ》りを打って顔を出して、わたしもかきまわしてたリュックから顔を上げて恭緒を見た。

「放課後ならすぐ部活だけど、昼休みだから、わたしも一緒に行けるし」

日焼け跡から目を上げて、恭緒は自分に言い聞かせるみたいにきっぱり言った。

陸上部は平日三時半から六時まで、びっちり練習がある。

いつでもヒマ人な、帰宅部の侑名とわたしとは違う。

恭緒はまだちょっと緊張した顔で、続けて言う。

「まあ一緒にいるだけで、きっと役には立たないけど、わたし。先にあやまっとく、ごめん」

「なことないって！　まず三人ってだけで心強いじゃん！」

わたしは恭緒の肩をつかんで言って、侑名はベッドから眠《ねむ》い声で、「いえーい」ってコブシを上げてみせた。

考えてみたら、男の子みたいな外見と違って人見知りな恭緒には、知らない人と話すって……お庭番の任務って、すごく勇気がいると思う。

そりゃあ、わたしだって緊張するけど、恭緒よりかは、平気だな。

恭緒の性格を考える時、わたしはいつも恭緒の名前を頭の中で筆で書く。『恭』って字の下の部分のアンバランスみたいに、たまにすごく不安定に感じる、やさしい恭緒。

寮に入って思ったけど、やさしい人って、繊細《せんさい》すぎたりする。

恭緒にちょっと似てるタイプの田丸《たまる》とか、超やさしいし超大人だけど、入寮して最初、田丸は三日連続で鼻血出してた。そーいう体質なのかなと思ったけど、そのあとは暑い日とかだって全然だったから、あの時のはやっぱストレスの鼻血だったんだと思う。

高等部の先輩たちは、わたしらもうおばさんだから恥じらいとかないしーとか超ずぶといしーって、よく言ってる。

そんなもんかな?
二、三年で変わる?
でも、もしほんとなら、恭緒や田丸がこれから歳《とし》とって、ずぶとくなるといいなと思う。

侑名ほどじゃなくていいから。

十月八日(火)
これは、わたし調べなんだけど、制服に着るニットの色が薄いほど、女子力が高い。
「でも、ほんと、ごめんね。お庭番ってふだんもっと、事件とか謎とか調査するもんでしょ。なのに、こんなことで来てもらっちゃって」

真っ白のカーディガンがカンペキに似合ってるユリア先輩は、ザ・女子高生って感じのストレートロングの髪を落ち着かなくさわりながら、今日もう十回目くらいの、ごめんねを言った。

「いやいや、現実はケンカの仲裁《ちゅうさい》とかも多いみたいですよ。わたしたちも最初から大事件でも手に負えないかなーと思うし、まずは身近なケースからコツコツ頑張りますです」

あ、まずい。

『気にしないでください』のバリエーションも尽《つ》きるあまり、つい本心を言ってしまったわたしは口を押さえたけど、ユリア先輩の笑顔は崩《くず》れなかった。

こうして向かい合ってみると、ユリア先輩は、やっぱり普通にかわいくて普通にイケてるし、告白連敗中、しかも十九戦十九敗には絶対見えない。

学園内で有名なラブハンターと評判のわりに、実際向かい合ったら気さくで感じいいユリア先輩の雰囲気に、めずらしく朝食を食べ終わるのがビリになるほど緊張してた恭緒も、ちょっとニコニコしてうなずく余裕《よゆう》が出てきたくらい。

侑名はまあ、いつも通りのマイペースで微笑んでる。

ちなみに、わたしのカーディガンと恭緒のセーターは紺。侑名のカーディガンはかろうじてグレー。でも微妙に濃いグレー。

今度の仕送りでベージュのカーディガンを買おうって決意しながら、ベンチに腰《こし》かけたまま、さりげなく周囲を警戒《けいかい》してみる。

昼休み、ユリア先輩がわたしたちに指定した場所は、中庭だった。

中等部と高等部の真ん中にある中庭でのおしゃべりは、（狭苦《せまくる》しく四人でベンチに腰かけてるのを除けば）自然だけど、普通だったらもっと、この手の話をする時は、なんとなく密閉？できる場所？　ドアを閉められる場所とか選ぶんじゃないだろうか。

少なくとも、わたしだったらそうする。

こんなおもいっきり太陽の下じゃなく。

ユリア先輩って基本、オープンな性格なのかも。

誰を好きになっても、誰にフラれても、ぜーんぜん隠す気がなさそうなだけあるな。

そう思って見ると、目の前のユリア先輩の笑顔も、話す時に、相手に勢いよく体ごと向くところも、好印象。ちょっとまっすぐすぎて、こっちが照れるくらいだけど。

「恵那も教えてくれたんだけど、男子寮で、そんなに問題になっちゃったなら、きっと市川くんにも嫌われちゃったよね。はずかしー」

ユリア先輩の言葉に、侑名はどうとも取れる微笑みを浮かべて首をかしげてみせて、恭緒がこっちに視線で助けを求めてくる。

わたしだって、そうですねとも言えないし、話を変えた。

「あの、ちょっと聞いちゃってもいいですか？　先輩ってそもそも市川先輩のこと、何きっかけで好きになったんですか？」

突然、ユリア先輩は腸がどうにかなるんじゃないかって心配になるくらい身をよじった。

「それなんだけど！」

恥じらいつつも超身を乗り出してきたユリア先輩は、一回深呼吸して、わたしたち三人を見回して聞いた。

「笑わない？」

わたしたちは、もちろんあわてて答える。

「え？　そんな」

「笑ったりしませんよ」

「約束します！」

ユリア先輩はキラッキラの瞳《ひとみ》で話し始めた。

「えっと、購買《こうばい》のとこの自販機《じはんき》あるでしょ」

なんだかよくわかんない入りだけど、わたしたち三人は、それぞれ、精いっぱい親身な感じでうなずいてみせる。

「そこで先々週の放課後、カフェオレ買おうと思って、お金入れようとしたら、十円落としちゃったの。そしたら、市川くんがちょうど通りかかって、その転がってった十円を足で踏《ふ》んで止めてくれたのね」

ユリア先輩は、そこまで早口で一気に話すと、突然感極《かんきわ》まって両手をぎゅうっと組み合わせた。

「でねでね！　その十円を渡《わた》してくれる前に！　自分のシャツで拭《ふ》いてくれたの！」

最後のほうほとんど絶叫《ぜっきょう》で、ユリア先輩はベンチに座ったまま二つ折りになった。

え？

ぎゅうぎゅうに四人で座ってるベンチの、こっち三人は、超取り残されて視線を交《か》わしあう。

……ええと。

終わり？

ユリア先輩が折りたたまったままだから、どうしよう。

恭緒は、そわそわ居心地悪《いごこちわる》そうに、中庭で思い思いに過ごす周囲の人たちを気にし出した。

「……じゃあ、その一瞬で恋に落ちたってことですか？」

侑名が三人を代表してつぶやくと、ユリア先輩は、がばっと起き上がって目を輝かせる。

「だって超かっこよくない？」

わたしたちはとっさに答えられず、顔を見合わせた。

「だってそれって、純粋《じゅんすい》に、わたしだけのための、わたし用のかっこよさでしょ！」

そうかもしれないけど。

……なんか意外。

っていうか、なんか、かっこいいのハードル低くないですか？

ユリア先輩に直《ちょく》で見つめられた恭緒が、感想をしぼり出す。

「……うーん、なんていうか、かっこ……いいっていうか、やさしいって感じ？　です、かね」

ユリア先輩は立ち上がって恭緒の手をギューっとにぎった。

「ね、やさしいよね！　市川くんって！　そう思って見てみたら、他の人にも、あの、能條先生の息子《むすこ》さんと手、つないで歩いてたりして、やっぱ超やさしいんだなって、やさしくて超かっこいい、やっぱ好き！　ってどんどん思って！　でも好きになったのがいつかって言ったら、ほんと、やっぱその十円拭いた瞬間《しゅんかん》かな」

「百円とかの銀色の硬貨《こうか》より十円のほうがシャツで拭くの抵抗《ていこう》ありますもんね」

侑名が真面目な顔で妙なコメントした。

え？　そう？　そういうもん？　でもユリア先輩は身をよじってうっとりした声を出した。

「でしょ！　そーなの、ほんと超やさしくて、超かっこいい！」

最初に念を押されたみたいに、笑う気持ちには全然ならなかったけど、ちょっとあまりにササヤカな理由に、笑うっていうより、なんていうか、ぼんやりしちゃう。拍子抜《ひょうしぬ》け？
反応の良くないわたしたちを気にせず、ユリア先輩は高等部の校舎のほうを見上げて、また
うっとり言った。
「今まではいつも遠くから好きになってたけど、市川くんのことは至近距離で好きになったって
感じ」
……すごいキラキラしてる。
ユリア先輩がうちの学園で、ラブハンターとしてすっごく有名でいつもウワサの的でも、嫌わ
れてはない理由がわかった気がした。
この人はマジだ、たぶんいつも。
これだけ恋多き女でも、だから軽い女扱《あつか》いされないんだな。
「あ、でも心配しないで、お庭番のあなたたちに、なにか手伝ってほしくて、呼び出したんじゃ
ないから」
急に夢の世界から戻ってきた真剣な顔で、ユリア先輩がわたしたちを、まっすぐ見た。
「今まで、まあ結果的にまわりを騒がせちゃったことはあるけど、わたし、人の力借りたこと
は、一回もないんだよ。告白する時についてきてもらったり、かわりに伝えてもらったこともな
いし！」

ユリア先輩は力説するけど、必死に言われなくても、今日話しただけの感じでも、それは信じられた。侑名も恭緒も、ブンブンうなずいてる。

「だけど今回は、なんか……初めて、ビビっちゃったの。それもなんか、今までの恋とは違うってことの証明じゃないかなって思う」

そこは、信じてあげたいけど、なんたって二十人目だ。

今までの十九回と、今回が違うって、そんなにはっきりわかるものなの？

恭緒がおずおず聞いた。

「あの、それじゃあ、わたしたちにできることって……？」

「あ、だから、そういうんじゃなくて！　ただ、来てもらったのは、ほんと話聞いてもらいたかっただけ。市川くんが好きっていうのを。あー、正直に言うと、お庭番っていうのが、一年生なら、話せるかなって思ったんだよね。今も好きになったきっかけとか聞いてくれたよね。あ、ごめん、子ども扱いしてるってわけじゃなくて、一年生って、ピュアでしょ！　同級生にはね、そんなちょっとしたことでって笑われそうじゃない？　さっきの十円の話。わたしそれでなくても今まで色々あったし、ただでさえ、みんなに、どうして今度は市川くん？　って聞かれまくってるから。でも、あの瞬間に、十円差し出してくれた瞬間に、ほんとに市川くんが素敵だったこと、誰かにすごい話したかったのかも」

ユリア先輩は一気に言ってから、急に勢いよくサラサラの髪を背中にはらって、わたしたちを順番に見た。

「それで、お庭番の三人に来てもらったの。ごめんね、くだらないことで呼び出して」

「……くだらなくはないと思います」

小さい声で言った恭緒を、ユリア先輩が抱きしめた。恭緒最近こんなのばっかり。

お庭番って、なんか、人との接触《せっしょく》が多いな。

「わたしも、好きになった理由が聞けてよかったです」

なにかしら言わないとと思って、わたしが感想を言うと、侑名も続ける。

「全然、笑われる話じゃないですよ。少なくとも、同級生でも恵那先輩は絶対笑わないと思います」

ユリア先輩は抱きしめられて半笑いで硬直《こうちょく》してる恭緒から腕をゆるめながら、ちょっと眉を下げてにっこりした。

「ね、恵那っていい子だよね。なのに恵那にも迷惑かけちゃったな」

「あの……」

やっと解放された恭緒が口を開いた。

「……あの、十円の話って、市川先輩本人には言ったんですか？」

ユリア先輩が両手でほっぺたを押さえて高い声を出す。

「言うわけないじゃん！」

「なんで！」

思わずわたしも大声で叫んじゃうと、ユリア先輩は両手で顔を覆《おお》ってつぶやいた。

「……恥ずかしいもん」

……。

そこははっきり言うべきじゃない？　わかんないけど。

じゃないと、なんで急に告られたか意味わかんないじゃん。

わたしたちに話してくれて、本人には言わないって。

変わった人だー。

でも、でも実際に会ったユリア先輩は、話に聞いてたより、想像してたより、なんかすごい、マトモだった。

五、六時間目の授業中はずっと、ユリア先輩のしたいろんな顔が頭の中をぐるぐるしてた。
わたしにもあんな何パターンも表情があるのかな。

そう思って帰りに校舎の下駄箱《げたばこ》で顔の肉を引っぱってたら、侑名に会った。

寮までの短い帰り道を一緒に歩きながら、今日返ってきたテスト結果についてぼやいてたら、数納と出くわして目が合った。

目が合わなかった体《てい》で、そのまま男子寮のほうに歩き出した数納を、侑名が呼び止めた。

「数納、なんであんたも市川先輩と同室なのに、土曜日来なかったの？　薄情《はくじょう》ー」

数納は立ち止まって、めんどくさそうな顔を作った。

ほんとは侑名に話しかけられて、うれしいくせに。

「ミナミ先輩がいれば充分以上だろ」

「まあね、すごいねあの人のマシンガントーク」

わたしは意地悪な笑いをガマンして、普通に答えた。

「だろ。同室だと修行《しゅぎょう》になるっつーか人間としてステージ上がる」

「ははは」

「そこまで言うか」

侑名がウケて、わたしがツッコむと、数納もちょっと笑って言った。

「まあ、でも今回の件、ターゲットが湊太先輩だからな。ほかの人ならそんくらい自分でカタつけろよで終わりだけど」

「あんたってそういうやつだよね」

わたしがちゃかすと、侑名が首をかしげた。

「市川先輩だと特別なの？」

「あー、なんていうか、湊太先輩は、やさしいからな」

ふだんクールな数納の意外なかばい方に、侑名とわたしは顔を見合わせた。

市川先輩って、ほんとにやさしいらしい。

ユリア先輩ビジョンじゃなくても。

でも優《やさ》しいって字は、『優柔不断《ゆうじゅうふだん》』にも入ってる。


「ユリア先輩って、……かわいい人ですね」

最後に恭緒が言った。

夕食後の談話室で、恵那先輩に昼休みのユリア先輩との話の報告を終えて、やっと一息ついたタイミングで。

「三人とも、ありがとね。じゃあ、お庭番に話せたことで、ユリアもちょっと落ち着いたかな」

男子寮と女子寮に迷惑かけたことを謝《あやま》られたってことと、ユリア先輩が案外話しやすかったたっことを三人がかりで話したせいで、恵那先輩は、ほっとした顔になった。

市川先輩を好きになったきっかけの十円の話は、なんとなく出さなかった。

内緒にしてとは言われなかったけど、話していいかわかんなかったから、わたしは言わなかったんだけど、侑名も恭緒もそのことを言い出さなかったから、三人同じ気持ちなのかも。

ユリア先輩像は今日わたしの中で、ラブハンターから恋する乙女にイメージが更新《こうしん》された。

直接話してみると、全部が変わる時がある。

「なんにしても、おつかれー。がんばってるじゃん、新お庭番」

隣のソファーで話を聞いてたナル先輩が、シートパック中の白い顔で言ってくる。

ユリア先輩の話、全部話さなかったのは、談話室にほかの人もいるから気を使ったっていうのもある。

もっとも今週になったらもう、ユリア先輩が市川先輩に夢中だって話は、学園中に広まってたんだけど。

あ、でも、せっかくだから、聞いてみよう！

わたしはナル先輩の隣の席に飛び移った。

「ナル先輩って、言っても、女の子のプロじゃないですか！」

「え、なんだね急にあらたまって」

「ナル先輩から見て、ユリア先輩の十九連敗の敗因ってなんだと思います？　だってユリア先輩って、外見かわいいじゃないですか。今日話したら性格もかわいいし」

なんだかんだ言って、ナル先輩の（自分以外の）女子を見る目には定評があるし、五年生だから、一コ下のユリア先輩の恋の歴史もほぼ見てきたはず。

わたしたちにそろって見つめられて、注目されるのが大好きなナル先輩は、足を組み直してポーズをとった。

「うーん、わたしに言わせたら、あの子は神秘的じゃないっていうか、裏表がなさすぎ。あまりにもそのまんまなんだよね。なんつーか意外性が足りない」

「意外性が足りない？」

恭緒がオウム返しに聞くと、ナル先輩は恵那先輩の膝丈《ひざたけ》のジャージから伸びた足を指さした。

「たとえば、恵那の美脚《びきゃく》とかさ」

「やめてくださいよ」

急に引き合いに出されて、謙虚《けんきょ》な恵那先輩は、色白の顔を赤くした。

恵那先輩は寮で一番の美脚の持ち主で、スカートを短くしてなくても、その足のラインのキレイさはCGレベルと言われてる。

「それとかさ、イライザとか、あの子、あんなツンケンして見えて、押《お》し花《ばな》作って老人ホームにあげるのが趣味じゃん。ああいうの」

「ああ、あれはしびれるっすねー！」

「落ちるね！」

「マジ惚《ほ》れるね！」

「わわ、びっくりした！　三バカ先輩たちいつ来たんですか」

突然現れた三バカ先輩の大声の相づちに恭緒が驚いて飛び上がって、わたしもソファーから落ちそうになった。

でも先輩たちが言うとおり、イライザ先輩のギャップには、たしかにグッとくる。

老人ホームのお年寄りは、イライザ先輩が作った押し花で、図書館とかに寄付するしおりを作ってる。そのおこぼれのしおりをわけてもらった時、たしかに、惚れてまうやろ！　って、なった、なったよ！

思い出した！

「あー、たしかにギャップ最高！」

わたしが高ぶって叫ぶと、今度は恵那先輩がビクッてした。

三バカ先輩とナル先輩たちが口々に言い出す。

「ほんと、でも、ギャップは置いといて、わたしもユリア先輩イイ感じだと思うけど、どーしてダメなんだろ」

ってユイユイ先輩が首をかしげて、マナティ先輩もうなずく。

「男なんて、みんな彼女ほしいのかと思ってた。告られれば誰でもいいみたいなさ」

「うーん、後半はさ、十何人に告ってるんだから、またすぐ目移りするって思われたんじゃない？」

しおりん先輩が分析《ぶんせき》すると、ナル先輩がはがしたパックをたたみながら断定する。

「結局、一途《いちず》なのが好きなんだよ男って」

「こーしてる間にも、ユリア先輩に次の好きな人ができないかなー」

ユイユイ先輩が、のんきに伸びをして言った。

「それ！　一番の解決方法！」

しおりん先輩が同意すると、マナティ先輩が両手の指を広げた。

「入学から三年半で二十人ってことはさ、えーと四十二ヵ月÷二十……、二・一……、二ヵ月ちょっとに一回は、恋に落ちてるってことでしょ、てことは十二月まで待ってれば、次の想い人が現れるんじゃないすか？」

「でも、そのためには、市川くんにきっぱりフラれとかなきゃ」

ナル先輩がつっこむ。

「それもそっすねー」

マナティ先輩が他人事っぽく同意した。

次行こ、次！　ってドライな先輩たちの会話に、わたしと恭緒と侑名は無言で顔を見合わせた。

先輩たちは、ユリア先輩の市川先輩への真剣な想いを知らないのだ。

まあ、わたしたちが話さないからだけど。今回は特別らしいってことを。

今日聞いたかぎりでは、ユリア先輩の今回の恋が、今までとは別物かもしれないって、やっぱちょっと思うんだよね。

だから、この楽観的なノリにはどうも混ざっちゃいけない気がする。

うー、なんか微妙な気持ち。

ナル先輩が壁にかかってるカレンダーをアゴで指して言った。

「で、さっさとフラれたら、今月は、球技大会もあるしさー。次の恋はすぐかも」

恵那先輩もカレンダーを見たけど、テンション低い声でつぶやく。

「どうかな。そうなってくれたらいいですけど、あの子のためにも」

わたしたちは全員、なんとなく壁のカレンダーを見つめた。

十月のカレンダーの写真はコスモス畑。

あんなキレイなとこ行って、のんびりしてみたいよ。


水色のシャツって、白シャツよりシワが目立つ。

アイロンがけの才能がないわたしは、くっきり作っちゃった大きいシワにスチームをもう一回最強にして押しつけてみたけど、一度ついたシワは、もう消えない。

あきらめよ。

点呼の十時半まで、あと七分。どうでもよくなってアイロンのスイッチを切った。

寮では、廊下の専用の長机でしか、アイロンの使用が許されてない。まあ、火事とか怖いしね。

侑名は制服のシャツを五枚持ってて、土日にまとめてアイロンかければ間に合うっていうセレブだし、恭緒は十月なのに横着してまだ半袖《はんそで》のポロシャツでしのいでるから、制服のアイロンがけに追われてるのは、いつもわたしだけ。

隣で丸イスに腰かけて、ぼーっとわたしの手元を見てた恭緒に聞いてみる。

「さっきナル先輩が言ってたみたいにさ、ほんとにこのまま、時間が解決して、平和に次の恋とかなるかなー」

ぼんやり顔をハッってさせた恭緒は、やっと目を上げた。

「かもだけど、もし本当に、今回のが今までとは違う好きだったら、ユリア先輩かわいそう」

「だけど市川先輩がユリア先輩と付き合う気がないんなら、どうしようもないじゃん。わたしたちにできることないよ。お庭番はキューピッドじゃないもん」

わたしの答えに、恭緒は悲しい顔になる。

「でもお庭番になって最初の仕事で、なんにもしないっていうのも……。わたしたち、まだちょっと話聞いてあげただけだよ」

「まあねー」

わたしは答えながら、会話に参加してこない侑名を見下ろした。

さっきから床《ゆか》に座りこんで、スーパーボールで壁とキャッチボールしてる。

侑名はなにか考えごとする時よく、これやってる。

でもなにも考えごとしてない時もやってるから、外側からは見分けがつかないんだけど。

「侑名はどう思う？　さっきの先輩たちの話みたいに、やっぱユリア先輩の幸せは、フラれて次の恋しかないって思う？　だとしても、そもそも市川先輩がはっきりしないのがさー。市川先輩ってまずちゃんと断れるのかな？」

わたしがモヤモヤをぶつけると、侑名はスーパーボールを両手でキャッチしてから、ゆっくり言った。

「最近、ユリア先輩に告られた人たちがさ、市川先輩にアドバイスしてくれたりしてないのかな、これだけ噂が広まってるんだから、先輩の誰かとかが」

侑名の疑問に、恭緒が腕組みしてつぶやいた。

「男はそういうことしなそう。もともとの友達同士か知り合いじゃなかったら」

「かもね」

わたしもそうかなって思う。

侑名は床に座ったまま、無邪気《むじゃき》に言う。

「そっかー、じゃあ試しになんて言って振ったかリストに書いてなかった人に、わたしたちが参考に断り方聞いてみる？　市川先輩にアドバイスするかは別として」

「そんなん聞けないって。振ったほうとはいえ、思い出したくないかもだし」

恭緒があわてて両手を振《ふ》り回《まわ》して言って、わたしは内緒話の声で早口になる。

「ユリア先輩はケロッとしてるけど、案外告られた過去の男のほうが黒歴史だったりして」

「黒歴史なんてひどいよ、告られたら、男は自慢《じまん》なんじゃない？　いちおう青春の一ページだよ。聞かれたいかは別として」

恭緒も声を小さくしたけど、侑名は平気な顔で人さし指を立てた。

「じゃあ、聞いても平気な人に聞こう」

「聞いても平気な人？」

「聞いても平気な人って？」

わたしと恭緒がハモって、そろって侑名の前にしゃがむと、

「能條先生」

あっさり答えて、侑名はにっこりした。

「能條先生なら、もう青春の一ページじゃないし」

「ひど」

って恭緒。

「青春じゃないなら、どこのページ？」

わたしが聞くと侑名は、

「さあ」

って無責任に首をかしげて、またスーパーボールをはずませた。

ちょうどその時、廊下の奥からドアの開く音がして、はみがきセットを持ったモッチー先輩が一〇五号室から出てきた。モッチー先輩は夜行性だから昼間はいつも半目だけど、この時間は目の大きさも普通サイズだし足取りもしっかりしてる。

わたしたちの横を通る先輩に、侑名が声をかける。

「モッチー先輩、能條先生って何歳か知ってます？」

「三十六」

短く答えてくれて去るモッチー先輩の背中を見送って、わたしたちは「三十六歳」が含まれるのが人生のどのページなのか考えながら部屋に戻った。

十月九日（水）

うちの学園は、中等部と高等部の職員室が二部屋つながってて、横に広い。

昼休みのこの時間は、先生たちもご飯食べに出てたりして半分くらい席を空けてるし、エコのため電気を消されていて少し暗く、まったりしてる。

能條先生は高等部の倫理《りんり》の先生だ。

入り口で背伸《せの》びして、わたしが窓際《まどぎわ》に座ってる能條先生の頭を見つけた時にはもう、侑名が「失礼しまーす」ってスタスタ職員室に入っていっちゃった。

あわてて恭緒とわたしもついていく。

能條先生は食べ終わったお弁当のフタを閉めるとこだった。

テンパった恭緒が、めずらしくまっさきに発言した。

「能條先生こんにちは。今日のお弁当の揚《あ》げシュウマイおいしかったですよね！」

寮生は、寮でまとめてお弁当を用意してもらうから、能條先生もわたしたちと同じお弁当なのだ。

「ああ、うまかったよな。弁当には普通のより揚げシュウマイのほうが味がついてていい」

突然職員室まで入ってきてお弁当の感想を言う一年生に動じずに、能條先生はのんびり答えてくれたけど、隣の席では、先生の中でたぶん一番若い大森《おおもり》先生が、目を丸くしてわたしたちを見てる。

入ってきて気づいたけど、ここじゃ話せなくない？

ノープランすぎた、と、わたしが一歩後ずさった時、侑名がにっこりして職員室の窓の外に顔を向けた。

「先生、サルスベリの花がきれいですね」

はあ？　お弁当の次は花？

今度はさすがに「？」ってなりながらも、能條先生も侑名の視線を追って濃いピンクの花を振り返る。

「え、ああ、でももうほとんど終わりじゃないか？」

そう言って向き直った先生に、侑名は驚きの平常心で続けて言う。

「散り際の美しさですよー。近くで見たくないですか?」

大人相手に怖すぎるくらいあつかましい侑名と、横でピキーンとなってる恭緒とわたしを見くらべて、能條先生の目が細められた。

「つまり顔貸せやってことか」


校舎の外に出たら、ちょっと風があって、ちょっとさわやか。外の力おそるべし。

申しわけ程度にサルスベリの枝をなでてる侑名と、モジモジする恭緒とわたしを眺めて、能條先生が先に口を開いた。

「新しいお庭番が、さっそく乗り出してきたわけだ」

職員室の中からは、大森先生がまだ興味津々《きょうみしんしん》にこっちを見てるけど、見ないふり。

あそこまで声は聞こえてないはずだし。

「あ、お庭番のこと知ってます? そうなんですけど、今回そのー……」

わたしがなんて切り出そうか迷うと、

「市川の件だろ」

先生もヒマじゃないのか、あっさり普通に言った。

単刀直入ー!

「えっ、はい！　先生も市川先輩から相談されました？」

「いや、されてない」

即答した先生に、恭緒が聞く。

「若旅先輩たちには？」

「なにも言われてない。何人かでなにか話し合ってるのには気づいてたけど。そういう話は、男子寮の管理者とはいえ、教師には持ってこないんだよな、あいつらは」

「そうですかー、そうですよねー」

言いながら、能條先生をヒソカに観察してみる。

能條先生って、べつに市川先輩とは似てない。

先生は超イケメンってわけじゃないけど、外見も性格も、あっさりしてるから、それなりに人気があるんだよね。清潔感があるっていうの？

男の先生で、性格も髪型も服装もヘンじゃないって、貴重。

そして、そこまで生徒に興味なさそうなのが、ヘンタイじゃないって感じで、なんか安心する。

まあ、それは置いといて、職員室からの視線が気になるし、侑名をヒジでつついて急かしてみたら、気づいた侑名は先生に向かってにっこりして首をかしげた。

「あの、参考までになんですけど、聞いてもいいですか？」

「どうぞ」

「能條先生がユリア先輩に告白された時は、なんて言って断ったんですか？」

侑名はこういう時、超直球だから頼りになる。

恭緒とわたしが緊張したけど、先生は、あっさり答えた。

「幸士郎《こうしろう》の、息子のほうが歳が近いのはちょっと、って言ったら納得してくれた」

「なるほど」

侑名もあっさり言って、わたしと恭緒もあわててうなずき合う。

たしかに、コーちゃんのおかあさんとしては、ユリア先輩は若すぎる。

「市川はコブつきじゃないから、オレの断り方は参考にならないだろ」

「あー……」

恭緒が半笑いで声をもらして、わたしもつぶやく。

「……意図が見抜《みぬ》かれている」

「そりゃあそうだろ。でも、ほんと、断る参考にするならもっとほかのやつがいいだろ。いや、でも、あんまり聞きまわらないほうがいいと思うけどな」

「やっぱ聞かないほうがいいですか？」

侑名はこういうふうに誰にでも直球に質問する時があるけど、感情をこめないからなんかロボットっぽくて、憎《にく》まれないから助かる。

先生は侑名を見て、ちょっと笑ってから言った。

「誰でも振った罪悪感は多少はあるだろうし。なかには単純に自慢に思うやつもいるかもしれないけどなー。まあ、でも告白されたやつで、自分から吹聴《ふいちょう》するやつが今までいなかったのは、西村にも見る目があるっていうか、あ、自画自賛になるからオレのことは置いといて」

わたしたちは微妙にうなずいてみせた。

「えーと、市川先輩って、そんなに自分で断るのムリな感じの人なんですか?」

気まずさをまぎらわすために、わたしが違う角度で聞いてみると、先生がかすかに眉をよせて、ゆっくりアゴをなでながら言った。

「どうだろう。たしかに自己主張はふだんからしないタイプだな。でもなー、ミナミたちは過保護すぎって気もするけど、……ってオレが言ったのは内緒な」

ちゃんと話したの初めてだけど、いろいろぶっちゃけてくれる人だな、能條先生って。

「とりあえず、オレは男子寮生に相談されてない以上、口は挟《はさ》まないし。それに教師が介入《かいにゅう》するのは、おかしいだろ、今回の件」

「あー、まあ、ですよねー」

わたしがうなって、恭緒が先生を見上げて言った。

「わたしも、いいのかなって思ってるんです。自分が……関わったりして。でも話聞いちゃったらなんにもしないのも、それはそれで悪い気がするし……」

「そうか。そうだよな。……それで女子寮としては、どういう着地点を望んでるんだ？」

着地点？

ってなに？

って思った瞬間、侑名がまた無表情で質問した。

「着地点の想定は大事でしょうか」

つうか、あんた理解してるんだ⁉

能條先生は、わたしたちの顔を順番に見て微笑んだ。

「寮生って面白いよな」

？

「男子寮もだけど、女子寮はまた違う角度で面白い」

そうですか？

わたしたちは、顔を見合わせた。

先生が上半身を傾《かたむ》けて職員室の中の時計をのぞきこんで、おだやかな声で言った。

「お庭番の活躍《かつやく》、楽しみにしてるから。今回は全然役に立てなかったけど、なにかあったらオレも聞くし」

「ありがとうございます」

わたしたちは、あわててハモった。

後半なんだかよくわからなかったけど、先生の昼休みを使っちゃったのはたしかだし、なんだか応援《おうえん》もしてもらったから、本気のお礼だ。


昼休みは、いつも教室とか廊下で倉田《くらた》さんとマコちんとおしゃべりして過ごすのに、二日続けてお庭番関係で出かけてたから、教室に戻ると、二人は好奇心！　って顔をした。

けど、すぐにチャイムが鳴って着席になったので、助かった。

寮やお庭番のいろいろを、クラスの仲いい友達に、どこまで話していいのか、まだわかんない。

……たぶん、個人情報って考えたら、なんにも話さないのがいいんだろうけど。

マコちんも倉田さんも、っていうか女子なら、たいていみんな、ユリア先輩の件となったら超聞きたがるに決まってる。

五時間目は歴史で、テストが返ってきた。

答え合わせが始まってみると、正解してたとこも、今、全然覚えてないんですけど……。

やばい……。

テストの瞬間より確実にバカになってる自分を感じつつ、それでも不真面目に能條先生のことか考えちゃう。

能條先生の奥さんは、コーちゃんが生まれる時に亡《な》くなったって聞いた。

すごい悲しい話。

そう思って見ると、たしかに先生はのん気なように見えて、悲しい過去がある人にも見える。

コーちゃんが四歳だから、奥さんが亡くなって四年しかたってないってことで、そういう人がもう次に誰かを好きになれるのかってわかんないけど、もし好きになれるとしても、その相手は、女子高生じゃなくて、せめて、副寮監先生くらいの歳じゃないと、やばいでしょ。

なんでそこで副寮監先生かっていうと、女子寮では、二人がお似合いだっていう人が結構いるから。ていうか、まず副寮監先生がフリーなのかも誰も知らないんだけど。マグロ漁船に乗ってて一年に何回かしか会えない彼氏《かれし》がいるとか、彼氏が潜水艦《せんすいかん》の乗組員だから電波が届かないって噂も聞いたことある。なぜに海関係に集中なのか。

わたしが思うに、あの噂は、副寮監先生が「待つ女」っぽいってよりは、つねに寮にいて遠出してる気配がないから、そーゆう彼氏じゃないと成立しないっていう消去法だ。

寮監先生と副寮監先生の人生は謎に包まれてる。

先生たちは大人だから、きっと人生いろいろだ。

ていうか、だめだめ脱線《だっせん》脱線。

今は、ユリア先輩の話。

それと、市川先輩の話だ。


食堂で、夕食を食べ終わって帰ろうとしてたわたしたちは、入り口近くのテーブルに恵那先輩とウキ先輩を見つけた。

「あ、紺ちゃん先輩も一緒だ。今日の能條先生のこと話す？」

侑名が言って、恭緒がわたしを見たから、

「うーん、そだね」

って迷いながら答えた時、わたしたちに気づいたウキ先輩に手招きされた。

ウキ先輩って、いつ見てもすっごく姿勢が良くてピシッとしてる。

トラベラー先輩ほどじゃないけど真面目な感じの服着てるせいもあって、ちょっと、ちょっとだけだけど、寮の先輩の中では気安くしゃべれない人。ふざけられないっていうか。

恵那先輩と紺ちゃん先輩にも笑いかけられて、わたしたちは四年生ばっかりのテーブルに着いた。

「どした、アス、恭緒も。浮かない顔しちゃって」

紺ちゃん先輩は今日もイケメンで、女子の気持ちを敏感《びんかん》に察知する。

隣に同室のイライザ先輩はいない。平日はいつも、超特急でお風呂入ってご飯食べてからまた学校に戻ってピアノを弾《ひ》いてるから、この時間は別行動。頑張ってる人はすごいなー。

寮には、わたしみたいな帰宅部や、がっつり部活命じゃない人も多いから、よけいそう思う。

普通にただ勉強がわりと得意、みたいな人が多いんだよね。

趣味や特技に没頭《ぼっとう》したい人は、やっぱ家のほうが都合がいいだろうし、小さい頃からの習いごと週五日みたいな人はうちの寮には入らない感じ。

そもそも逢沢学園自体が、スポーツ系そんなにずば抜《ぬ》けてないし。

「あ！　なにそのメンバー！　なんで呼んでくれないんすか！」

突然大声がして、目をキラキラさせた小久良先輩がかけよってきた。

小久良先輩はもちろん部活は文芸部。でも取材と称《しょう》して、新聞部とか他の部にも顔出してるらしい。

ほんと、情報収集のためならどこにでも出没する人なのだ。

まあ、でも小久良先輩はどこにでも入れてもらえるだけあって、わりと口は堅《かた》い。から、聞かれてもいっか。

「恵那先輩、わたしたち今日、参考になればなーと思って、能條先生のとこに行って、ユリア先輩に告白された時にどう言って断ったか聞いてきたんですけど、」

わたしが言いかけると、

「え、あんたら先生にそんなインタビューしたの？」

恵那先輩が超びっくりしたって声で、目を丸くした。

「フットワーク軽いなー」

小久良先輩が言いながら興奮してジャンプして、紺ちゃん先輩が湯のみを持ったまま苦笑いした。

ウキ先輩が顔をしかめて低い声で言う。

「つーか子どもって怖い」

先輩たちの反応に、急にやばい気がしてきた。

え、なんか……。

これじゃあ、お庭番になって、超はりきって先走ってるヤツみたいだった？

恭緒も先輩たちの顔を見くらべて、こわごわ聞く。

「まずかったですか?」

「なにか、わたしたちにできることないかなって思ってきて、行っちゃったんですけど……」

恭緒のビビり方と、トーンダウンしたわたしを見て、紺ちゃん先輩がウキ先輩の眉間のシワを
ぎゅうっと人さし指で押して伸ばしてくれた。

ウキ先輩の顔を見て、緊張感のない侑名が笑った。

「いや、べつに怒《おこ》ってないよ。いいんだけど、べつに」

ウキ先輩はぶっきらぼうに言いながら、紺ちゃん先輩の手をはらった。

「うんうん！　むしろいいよ！　グッジョブ！」

小久良先輩は無責任に喜んで親指立ててるけど、けど。

「まあ、それに能條先生ならいいよね」

恵那先輩がフォローしてくれて、ウキ先輩も腕を組んでつぶやいた。

「あの人基本ドライだからね」

「それで、なんて断ったって?　能條先生」

まだ飛びはねてる小久良先輩に急かされて、小さい声で報告する。

「自分より、コーちゃんと歳が近い人は恋愛対象じゃない、みたいな」

「けんぜーん」

小久良先輩がさけんで、ウキ先輩もやっとうっすら笑顔になった。

「教師はそうあってほしいね」

「ねー、ロリコンとかほんとカンベン」

紺ちゃん先輩がおおげさにブルってみせると、

「ていうか能條先生って、副寮監先生とお似合いじゃないですか？」

小久良先輩があの説を出してくる。

「小久良はまた、他人の人生を自分好みに脚色《きゃくしょく》しようとして。男子寮と女子寮でロミオとジュリエットとかさ、そんなドラマみたいにいくかってー」

紺ちゃん先輩がたしなめて、恵那先輩も苦笑いして、

「手近なところでくっつけようとするのよくないよ」

って注意した。

先輩たちはニコニコして話してるけど、なんか、わたし、いつもみたいに調子にのれない。

たぶん複雑な顔してたんだと思う、紺ちゃん先輩が気づいて首をかしげた。

「なに？　アス」

「あー、なんか出すぎたマネを……したかなっていうか……」

口ごもって下を向いたら、隣で恭緒がジャージをモジモジつかんだりはなしたりしてるのが見

えた。

「いーよいーよ、気にすんな」

紺ちゃん先輩が明るく言って、ウキ先輩も黙って肩をすくめてみせたけど、テンション上がんない。

侑名が肩を組んで言ってきた。

「じゃあ、ごめん。わたしが最初に聞いてみようかって言い出した」

「『じゃあ』ってあんたその言い方、全然悪いと思ってないでしょ、ていうか、でも、侑名は悪くないから、あやまんないで。そういう意味じゃないし」

侑名の腕があったかくて、ちょっと肩のこわばりがラクになる感じはしたけど、わたしは暗い声で答えた。

「いいよいいよ、せっかく頑張って行ってきてくれたんだから、いちおう、あとで芳野先輩たちに報告しといて?」

恵那先輩がやさしい。

「そうしてみます……」

わたしは、超盛り下がったまま答えたけど、後悔とかしないタイプの侑名は、座り直してニコニコお茶を飲み干した。こいつの平常心、ほんとうらやましい。

頬杖で遠い目をした紺ちゃん先輩がつぶやく。

「マジで市川くんにも、あんたらお庭番くらいの行動力がほしいくらいだよ」

ウキ先輩が同意する。

「ほんと市川、自分で決着つけないとさ。男としてってより、人としてどうなの」

うーん、やっぱ決着はつけなきゃなのか。

能條先生の言ってた着地点って言葉を思い出す。

だよね。市川先輩が告られた時に、ちゃんと振ってれば、寮単位の話になんてなんなかったんだもんね。

ため息をついて、恵那先輩がつぶやいた。

「でもねー、まあねー、市川くんもやさしいからさー、そうはっきり言えないのかも」

「はあ？　そういうのやさしさって言わないから。さっさと振ってやるのが、ユリアのためだよ」

ウキ先輩が、恭緒がビクッてするほど冷たい声で言った。

切り捨て系のしゃべり方するウキ先輩には慣れっこっぽい紺ちゃん先輩が、笑顔で腕組みしてゆっくり言った。

「まあ、市川くんが逃《に》げ回《まわ》るのをやめてくれないかぎり、うちらにはどうしようもないだろね。

アスや恭緒が、西村さんに肩入《かたい》れするのもわかるけど」

「ていうか、ユリアの気持ちなんて、わかんないし」

ウキ先輩が湯のみを片づけ始めながら、バッサリ言う。

小久良先輩が明るく口をはさむ。

「まあまあ、だいたいこのメンバーで恋愛を語ろうっていうのが不毛ですって！　今ここにいる全員の歴代好きな人合計したって、ユリア先輩の告った人数には負けるでしょう！」

「決めつけるねー。なんでその数が、小久良にわかんの？」

紺ちゃん先輩が腕組みしたかっこいいポーズのまま、ニヤリとして聞くと、小久良先輩は悪びれずに指を立てた。

「えー、だったら先輩たち、今好きな人います？」

「……いないけど」

恵那先輩が真面目に答えて、紺ちゃん先輩が肩をすくめる。

「ミートゥーだけど」

「右に同じ」

答えると思わなかったウキ先輩も言った。

「ですよねー、わたしも好きな人いないです！　もちろんあんたたちもじゃん？」

「まあそうなんですけどー」

わたしが口をとがらせると、

「あ、わたしは、」

侑名がヘラヘラ手を上げたから、言わせない。

「侑名、言っとくけど、好きとファンは違うからね。レスラーとかヨーヨーチャンピオンは除外」

「そうなの？　じゃあ、いないかー。いないにしといていいですよ」

「だいたい侑名って、初恋《はつこい》もまだじゃん」

わたしがさらに責めると、恭緒が急に立ち上がってソワソワした。

「あー、そうだ、わたしお風呂入ってきます」

恋バナが苦手なんだよね、恭緒って。

「いってらー」

紺ちゃん先輩が逃《に》げ出《だ》した恭緒の背中に声をかけて、ほかの先輩たちも深追いはしないでくれた。

「お庭番、事件・謎系もいいけど、こういう恋のモヤモヤ系も、それはそれでネタになるなー、青春ですよねー！」

まだまだ話し足りないっていうか、聞き足りない様子の小久良先輩に、紺ちゃん先輩があきれた声で言った。

「小久良、話はもうおしまい。あんたはもう、さっきから足踏《あしぶ》みすんのやめて。早いとこトイレ行ってきなよ」

「え！　気づいてました？　やっだあ！　ほんとにもうお開きですね？　ほんとですよ？　わたしいなくなったあと面白い話しないでくださいよ！　じゃあ、いってきまーす！」

陽気に叫んでトイレに走って行った小久良先輩を半目で見送ったウキ先輩が、ため息をついて言い捨てた。

「尿意《にょうい》を必死で我慢するほどの楽しい話じゃないっつーの」

十月十日（木）
日が暮れるのが早くなってきたのって、ある日突然気づく。
六時にもなってないのに、こんな暗いなんて！　つって、ああ秋かと思う。
今日も帰宅部で時間のありあまる侑名とわたしが、目的もなく近所の区立図書館に行って帰ってくると、ミルフィーユ先輩がどこかでゲットした汚《きたな》いテニスボールを口にくわえて、駆《か》け寄ってきた。

ミルフィーユ先輩は玄関につながれてる時もあるけど、女子寮の入浴時間である午後五時半から八時には、基本、防犯のためフリーになってる。

ボールを投げて投げて！　って無邪気を装《よそお》っているミルフィーユ先輩だけれど、こうしてる今も、耳は不審者《ふしんしゃ》レーダーになってるのだ。

テニスボールがあまりに黒いので、そういうのあんま気にしない侑名も、精いっぱい爪《つめ》だけでつかむようにして投げてあげた。

結果、なんか魔球《まきゅう》投げるみたいなフォームになったのを笑ってたら、視界に人影《ひとかげ》が見えた。

保育園帰りのコーちゃん。

と、市川先輩だった。

市川先輩が、わたしたちに気づいて、目をそらした。

自然に講堂の壁のほうに寄っていって、なるべくわたしたちから遠いルートですれ違おうと大回りした市川先輩を、コーちゃんが「？」って顔で見上げてる。

これって。

これって、チャンス？

タイミング良く（？）侑名がミルフィーユ先輩が持ってきた汚いボールをもう一度遠くに投げた。

走っていくミルフィーユ先輩に気づいたコーちゃんが、保育園リュックをガチャガチャいわせて追いかける。

なにを言おうか考える前に、わたしは、SPに見放されたみたいな顔で立ち止まった市川先輩に駆け寄った。

わたしが前に立っただけで、市川先輩は、もろにイヤな顔をした。

なんか、気分良く散歩してたら、唐突《とうとつ》に道に動物の死骸《しがい》があってドン引き、とか、そんな表情。

え？　ていうか。

え、なんでほとんど初対面でこんな顔されんの？

ユリア先輩が「好きです」って言った時も、この顔をしたのかな。

だったら、だったらひどい。

頭に血が上った。

「ちょっとだけ話聞いてもらってもいいですか！」

わたしの大声に市川先輩はまわりを見回してから、

「オレは、関係ないから」

って小さくつぶやいて、すりぬけようとした。

なにそれ！

「告られて、ちょっとはラッキーとか思わないんですか？」

自分の口から出たセリフがあまりにケンカ腰《ごし》でいきなりだったから、自分でビビって、わたしは一歩後ずさった。

市川先輩は振《ふ》り向《む》いて、最初のキョドりがウソみたいに、まっすぐわたしを見た。

「思わないけど」

はっきりした言い方だった。

あんまりに冷めた声に、わたしは後ずさったぶん、一歩踏《ふ》み出《だ》して聞いた。

「女子に好きって言われたのに？　少しも？　一瞬も？」

「だってなにかの間違いだし」

「間違いで告白する人なんていません！」

「本気じゃないし」

「本気じゃないとかなんでわかるんですか！」

市川先輩は、責められてるのに妙に静かな顔でつぶやいた。

「誰かに好かれるような人間じゃないから」

「だったらよけいに、ユリア先輩に好きになってもらったことに感謝しなくちゃ！」

わたしが叫ぶと、市川先輩の無表情の口元が苦しそうにゆがんだ。

「無理」

マジでなにそれ！

「なんでそんな被害者面《づら》？　もとはといえば市川先輩がユリア先輩に親切にしたから悪いんですよ！　自分でやさしくしといて、好きにさせといて、迷惑とか無理とかホストか！　好きになられたくなかったら、十円、蹴り飛ばしといてくださいよ！　それかガメといてください！　袖《そで》で拭いてあげたりしないでよね！」

「アス、それ内緒の話……」

！

いつのまにか隣に立ってた侑名の声で、自分がなにを言っちゃったか気づく。

「うわ！　やべっ、今の聞かなかったことにしてください！」

大慌《おおあわ》てで言うと、侑名も大真面目な顔で市川先輩に向き合う。

「先輩、無理かもしれないけど、この子の今言ったことは記憶から消してください」

わたしたちに詰め寄られて、先輩は真っ白な顔で立ちすくんだ。

沈黙《ちんもく》。

……。

「理由って、それだけ？」

「え？」

市川先輩が初めて自分からしゃべったから、わたしの声が裏返った。

俯名とわたしに見つめられてるのに、ぼうっとした表情で、市川先輩がつぶやく。

「十円、拾っただけで？　それだけのことで、……言ってきたんだ？」

「はい、って、ソレ忘れてって言ったじゃないですか！」

わたしはヤケになってキレた。

息を切らしたコーちゃんとミルフィーユ先輩が戻ってきて、市川先輩の焦点《しょうてん》も戻ってきた。

「……なんだよ、それ……」

市川先輩が、悔《くや》しそうな声で吐《は》き捨《す》てた。

わたしに目を合わせて、先輩は、また、はっきりした小声で言った。

「そこまで知ってるなら、……西村さんに、断っといて」

「だから！　自分で断るのが筋じゃないですか！」

マッハでキレたわたしを不思議そうに見上げたコーちゃんの手を取ると、市川先輩は無言で男子寮に向かって歩き出した。

なんなの、市川先輩って！

どこがやさしいって？

ほんと、なんなの？

わたしは、先輩の細長い後ろ姿をにらんだ。

だってほんとに、この状況って市川先輩のせいでもあるじゃん！

自分を真っ白の被害者だと思うなよ！

あんな人……、あんな男、ユリア先輩に好かれる資格ない！


「どしたの、アスその顔？」

寮に入ったら、ちょうど玄関にいたブッチが目を丸くして言って、わたしは侑名と顔を見合わせた。

そんなひどい顔してんのかな、わたし。

市川先輩との超ムカつくやりとりを誰彼かまわずぶちまけたいけど、さっきも口をすべらしたばっかりだから、今はもうわたし、しゃべんないほうがいい。

「アスにはめずらしくご立腹なんだよー。まあ、あとで話すね」

侑名がかわりに言ってくれると、ブッチは、「ああ、お庭番関係？」って言って事情を聞きたそうな顔をしたけど、ひかえめに笑って、「大変そうだけど……、頑張ってね」って手を振って階段を上がって行った。

ひっどい顔見られたのが、珠理《じゅり》や杏奈《あんな》じゃなくて助かった。


さっきの怒りがまだのどまでギュウギュウにつまってて、ご飯がなかなか飲みこめない。

向かいの席で、お風呂上がりの恭緒がみそ汁のお椀越《わんご》しに心配そうな視線を送ってくる。

夕方、部屋に帰ってきたとたん、一気に市川先輩とのことをまくしたてたわたしが、今度は全然しゃべらないから。

せっかくの夕ご飯の時に、雰囲気悪くしてごめんって思うけど、なんか、なんかダメだ。

恭緒が何か言おうとして箸を下ろした時、高速でミックスベジタブルを一粒《つぶ》ずつ食べてた侑名が笑顔になって声を上げた。

「恵那せんぱーい」

侑名の声に気づいた恵那先輩は、トレイにおかずをのせ終わると、こっちのテーブルに来てくれた。

一緒にいたウキ先輩は、遠慮《えんりょ》しとくって手ぶりをして、このか先輩とまさな先輩が食べてる席に混ざった。

正直、ほっとした。ウキ先輩には今日わたしが出しゃばったこと、軽蔑《けいべつ》されそうだから。なんとなく。

どうやって話そうって息を吸った時、今度は盟子先輩が一人で食堂に入ってきた。

わたしたち三人と恵那先輩に無言で見つめられて、何かを察したっぽく盟子先輩もトレイを持って、恵那先輩の隣の席に着いた。

「えっとですね、またわたしが早まったことをしてしまいまして、」

先輩たちを前に、さっきの市川先輩につっかかっちゃった話を白状しようとしたら、なんかまたハアハアっていうか、ドクドクしてきた。

恭緒がお茶を差し出してくれた。

涙《なみだ》なんか出てないけど、目がヘンに感じてゴシゴシこすったら、ちょっとマジで感情と関係なく、涙出そうになる。

「放課後アスと寮の前にいたら、偶然《ぐうぜん》市川先輩が帰ってきたんです」

大きく息を吸《す》い込《こ》んだ時、侑名が先輩たちに説明し出した。

そこからは、ほとんど侑名が話してくれて、わたしは相づちだけ打った。

侑名は、わたしが突撃して市川先輩を怒らせた話を、十円のことをペラった部分を隠して報告した。

その部分だけ、うまくはぶいて話すなんて、まだ頭に血が上ってるわたしにはムリだったし、血が下りてたって、盟子先輩相手に隠しごとコミの報告なんてできないから助かった。

侑名の鋼《はがね》の心臓とポーカーフェイスは、こういう時、すごく頼りになる。

わたしは侑名に感心しつつ、盟子先輩の報告を聞きながらの規則正しい三角食べを見てるうちに、ちょっとずつドクドクがおさまってきた。

「っていう感じでした。だいたい」

侑名の話が終わると、恵那先輩がつぶやいた。

「すごい瞬発力《しゅんぱつりょく》」

「わたしも、アスってタイミング逃さないなと思いました。市川先輩捕《つか》まえる時のアスのダッシュ！　マジで恭緒にも見せたかった」

侑名の能天気なコメントに、恭緒はわたしに遠慮してあいまいに笑ってみせた。

ずっと黙って聞いてた盟子先輩が、唇の端をつり上げた。

「能條先生の件もだけど、あなたたちって、意外に積極的で……意外」

盟子先輩のその言い方が怒ってなさそうなのを察知して、わたしはガバッとテーブルに乗り出して叫んだ。

「もーほんと！　先輩に相談してからって思ったばっかだったのに、そっこー暴走してすいません！　すいません！　もうしません！」

「暴走ってほどでもないいんじゃない？　現場見てないからわかんないけど」

恵那先輩がフォローしてくれながら、盟子先輩の出方をうかがう。

侑名と恭緒も、黙って盟子先輩を見つめた。

「まあね」

食べ終わった食器を整理しながら、盟子先輩がクールに言ったから、肩をちょっとだけ下ろす。

「だってアス、お庭番として動いたんじゃないでしょ。市川くんに怒ったのは、あくまでも西村さんのことを思ったアス個人の気持ちをぶつけただけだもの、その気持ちに、わたしがケチつけるわけにはいかない」

思いがけない盟子先輩の言葉に、ポカーンとしたわたしの横で、侑名が、

「なるほど」

って言った。

横を見ると、恭緒が目を丸くして姿勢を伸ばしてて、恵那先輩がほっとした顔になる。

盟子先輩が、わたしたちを順番に見つめた。

「アスと侑名と恭緒、三人とも、任命されたからって、つねにお庭番として生活するとか、ムリ

だと思わない？」

「あ、はい！」

「ですねー」

「そういえば、はい」

わたしたちは口々に言って頷《うなず》いた。

「それで普通だから、それでいいんじゃない？　お庭番だからやっちゃいけないことなんてべつにないし。今日の件は、芳野もそう判断すると思う」

盟子先輩は軽く言って、お茶を一口飲んだ。

マジ？

なんか許されてるっぽいけど考えるのが追いつかないのに、盟子先輩がさらに言った。

「そもそも今回のは、お庭番案件なのかも、まだ微妙だしね。市川くんも一年女子に説教されて、少しは目が覚めたんじゃない？」

「説教って！」

わたしが叫んで頭を抱えると、盟子先輩がまっすぐ見てきた。

「っていうか、アスはなんでそんなに落ちてるわけ？　まだ何かあるんじゃないの」

するどい。

そう。

そうなの！

わたしは、つっかかっていって市川先輩を責めたことより、ユリア先輩が内緒にしてる！　好きになった理由を！　市川先輩本人にペラった自分を許せない。

ああでも、十円の話は内緒だから、それをバラしちゃったっていう苦悩《くのう》も、先輩たちに話すわけにはいかない！

ああもう、やましさ二倍！

「盟子先輩も、今回の件は時間が解決すればもうけものと思ってます？」

無言でグルグルとテンパるわたしに気づいて、侑名が話を変える。

盟子先輩は黙って意味深にわたしに目を細めてみせてから、侑名に視線を移した。

「まあ、それもあるけど、当人に近い人が自発的に動いてくれるなら、本来それにこしたことはないでしょ」

そこまで言って、今度は恵那先輩を見て、無感情につけ足す。

「友情って素敵ね。正直、四年がこんなに動いてくれるとは思わなかったし」

盟子先輩の言葉に、恵那先輩が何か言おうと口を開いた時、

「なになに、また何かあったんですか？　まぜてまぜてまぜてください！」

大声で叫んで、小久良先輩が食堂に飛びこんできた。

わたしたちが食堂で話してること、誰かに聞いて駆《か》けつけたらしい。

盟子先輩がトレイを持って立ち上がった。

「残念だけど、もう話は終わったから。みんな学習時間の準備して」

「えー！　わたしにも聞かせてくださいよ」

勇気ある小久良先輩は、盟子先輩に食い下がる。

「小久良、言っておくけど、学習時間中は私語厳禁。お庭番に手紙回したりしないでよ。テストが終わったからって、みんなたるんでるけど、六年生は来週模試なんだから、学習室の空気を乱さないこと」

盟子先輩に厳しくクギを刺《さ》された小久良先輩は「んーっっっ！」って言葉にならない絶叫を上げて身もだえながら、わたしたちを未練がましく見てくる。

そんな目で見られても、まあ、学生の本分は勉強ですよねー。

ちなみに盟子先輩も芳野先輩もいつも学年順位一ケタだ。ついでに男子寮の若旅先輩もしょっちゅうトップ。寮には何気に成績いい人が多い。

「解散」

盟子先輩が冷たく宣言して、わたしたちは急いで食堂を後にした。

「とにかく市川先輩に、ちょ――嫌われたのは、まちがいない」

消灯後の暗い部屋の中で、ベッドで仰向《あおむ》けのまま言った。

「アスを嫌う人なんていないよ」

向かいのベッドから、恭緒がくぐもった声で言ってくれるけど、

「そーんなわけなーいーしー」

おもいっきりかまってちゃんな言い方で言い返してから、我慢できなくてガバッて体を起こす。

「ていうか、わたしが嫌われたのはしょうがないけど、ユリア先輩が、わたしのせいでもっと嫌われたんだったらどうしよ！　つうか嫌われたよね！」

わたしの声と振動《しんどう》で、下の段の侑名が動く気配がしたから言う。

「だって侑名！　市川先輩さ、あの時、十円の話の時、超怒ってたよね」

「あー、うーん。だったかも」

侑名は嘘《うそ》つくのもうまいけど、基本は正直者なのだ。

正直者の肯定《こうてい》に、わたしは枕《まくら》に倒れこんだ。

恭緒がベッドの上でちょっと身を起こして真剣な言い方する。

「でもさ、わたしアスが市川先輩に怒った気持ちわかるよ。ユリア先輩……自分とは違う種類と思ってた人の……、ああいう面見ちゃうとさ、なんか、なんていうんだろ……」

「ほだされる？」

侑名が眠い声で言った。

「ほだされるって、どーいう意味？」

枕を抱きしめたまま質問すると、下から短い返事。

「同情しちゃうみたいな」

同情？

同情なのかな、あの時の、あの気持ち。

同情って、あんなカーッていうのと違くない？

「……恭緒もアスも、ギャップ萌《も》えに弱いから気をつけろー」

ほとんど寝言《ねごと》みたいな侑名の声に、わたしは暗い中で恭緒と顔を見合わせた。

……。

「なんか、わかんなくなってきた」

恭緒がポツリと言った。

「なにが?」

わたしが聞き返すと、恭緒が目をそらして答えた。

「えーと、恋愛?」

「え? そこ?」

「わたしでも、もしお金が転がってきて、足で止めたら、服で拭いてから返すと思うんだよね」

ゆっくり考えながら言う恭緒の目が、暗闇《くらやみ》で猫《ねこ》みたいに光ってる。

「まあね。床より上履《うわば》きのほうが汚いし。つうかなんの話?」

「なんだろね。わかんなくなってきた」

「わたしも。侑名寝た?」

返事ない。

「……寝たか。アス、……わたしたちも寝よ」

「だね」

いろいろあきらめて天井《てんじょう》を見る。

……後悔が、今頃《いまごろ》きた。

ていうか、超押し寄せてきた。

わたしって、こんなキャラだった?

でしゃばって首つっこんで、よけいなこと言って、これじゃあオフ子先輩のこと言えない。

お庭番になるのあんなに拒否《きょひ》ってたのに、結局超しゃしゃってんじゃん。

……超うぜえやつじゃん。

十月十一日（金）

おもいっきり馬に蹴られる夢、見たんだけど。

夢の中では、さいわいデカいたんこぶで済んでたけど、目が覚めた時の気分は最悪で、授業中もずっと、デコに違和感《いわかん》あって頭が重い一日だった。

なんでわたしが、こんな思いしなきゃなんないわけ？

わたしの平和な日常を返してほしい。

こんないろんな気持ち、めんどくさいし疲れるしマジ手にあまる。

しかも本当の面倒《めんどう》は、夕方にやってきた。


「たのもーう！」

外から聞こえてきた大声に、部活を終えて部屋に帰ってきた恭緒をおかえりーって言いながら振り返った瞬間だった侑名とわたしは顔を見合わせた。

「おーい、お庭番！」

続く呼びかけに、恭緒が部屋に入ってきた勢いのまま畳を突《つ》っ切《き》って、くもりガラスの窓を開ける。

わたしたちは、そろって窓から玄関のほうを見た。

第一声からわかってたけど、寮の玄関の前で叫んでるのは、ミナミ先輩。

そして、隣には数納。

上の階からもガラガラと窓を開ける音がした。

男子二人がこっちを向く。

「お庭番！　話があんだけど！」

ミナミ先輩がめずらしく口角を上げないで言って、数納は微妙な顔で無言で立ってる。

「行こう。寮監先生が出てくる前に」

侑名が言って、わたしたちは玄関に走った。

「あんたら湊太先輩に何言ったの？　昨日から五分に一回フリーズしてるし、一言もしゃべらないんだけど」

わたしがまだスニーカーに足をねじ込《こ》もうとしてもがいてるうちに、ミナミ先輩が言ってきたから、かかとをつぶしながら言い返した。

「いつもはしゃべんの？」

「湊太先輩だって生きてんだから、ちっとはしゃべるんだよ！」

「アス、タメ口になってる……」

恭緒がわたしのわき腹をつついて注意しながらも、一歩前に出た。

恭緒は見かけより弱虫だけど、それは自分の時の話で、人のためならいつも頑張る。

だけど恭緒、わたしべつにミナミ先輩が怖いから、キレてるんじゃない。

うしろめたいから、声が大きくなる。市川先輩にしたこと、間違ってるかもって気持ちがあるから、口調が強くなる。かばってもらう資格とかない。

「市川先輩に聞いたんですか？　わたしたちに何か言われたって」

侑名が冷静な声で質問したら、ミナミ先輩は自分のももをバシバシ叩きながら叫んだ。

「だから湊太先輩はチクったりしねえし！」

黙って立ってた数納が見かねたように、

「先輩の態度がおかしいから、昨日一緒に帰ってきたコーちゃんに聞いたら、おまえらとしゃべってたって言うから」

って説明してくると、ミナミ先輩が威嚇《いかく》してくる。

「四歳の目撃証言ナメんなよ！」

「なるほど」

肩をすくめてみせた侑名の髪が後頭部グッシャグシャなのに今気づいた。さっき畳でゴロゴロしてたからだ。でも、そんなん言ってる場合じゃないし、本人も気にするようなやつじゃない。

わたしは、ミナミ先輩に向き直った。

「お庭番に依頼したのは男子寮じゃん。人に頼んどいて、なにその態度！」

心の中はモヤモヤしてるのに、自分でも引くくらいはっきり言うと、ミナミ先輩も、強い目でわたしだけを見つめた。

「頼んだのは、西村由利亜をどうにかしてってことだし！　それでなんで湊太先輩責めるとかなるんだよ、おかしいじゃん！」

騒ぐミナミ先輩の隣で付き合わされて来ただけって姿勢だった数納が、低くつぶやいた。

「まあ、湊太先輩被害者だしな」

なにそれ！

「それ！　その言い方！　被害者っておかしくない？　ユリア先輩は加害者じゃないし！」

隣で恭緒がビクッてしたけど、止まらない。

「好きになったのがそんなに悪いの？　好きにならせたほうは無罪で？」

「は？　なんであんたがそんなムキんなんの？」

「しゃしゃってんじゃねーよってことですか？」

「そんなこと言ってねーし！」

「なにやってんの、うるさいよ」

急に至近距離から別の声がして、にらみ合ってたわたしとミナミ先輩はすごい勢いで声の主を見た。

立ってたのは、制服姿のイライザ先輩だった。

くるくるの髪の毛の中の小さい顔は不機嫌にしかめられてて、それはいつものことなんだけど、今は本当に気を悪くしてるのが、見慣れてる、わたしにはわかる。

帰ってきて玄関をふさいでケンカしてるやつらがいたら、騒音《そうおん》が嫌いなイライザ先輩がイラつくのも無理ない。

ミナミ先輩はめずらしく口を閉じたまま、イライザ先輩をじっと見た。

半目になってミナミ先輩を見つめ返したイライザ先輩が、ゆっくり口を開いた。

「うちの一年がなにかしたなら、わたしが話聞くけど」

！

「イライザ先輩！」

なにこれ超シビれる！

わたしはおもわず先輩に抱きついて、恭緒も両手で口を押さえて「素敵！」ってポーズになった。

一人だけ平常心な侑名が無言でミナミ先輩を見つめると、ミナミ先輩は頭をかきむしってしゃがみこんで叫んだ。

「なにこれ！　なにがどうなってんの？　オレ悪者みたいじゃん！」

数納はミナミ先輩の頭を見下ろしてしばらく黙ってたけど、わたしたちを順番に見て、侑名のとこで何か言いたそうな顔をしたけど、結局、イライザ先輩のほうを向いて、

「一回帰って考えを整理します」

って言うと、壊《こわ》れたあやつり人形みたいにぐんにゃりしたミナミ先輩を引きずって去って行った。

……嵐《あらし》は去った。

男子二人の姿が遠くなると、イライザ先輩はうんざりした表情で、抱きついてるわたしを乱暴にひっぺがした。

けど、ラブ！

イライザ先輩がかばってくれるなんて、夢みたい。

ぽわーんてしてたら、侑名が、

「先輩たちは、なんで警備員拘束《こうそく》してるんですか？」

って声をかけたから、なにかと思って顔を向けると、いつの間にか三バカ先輩たちの顔が壁のとこに縦に並んでた。ユイユイ先輩はミルフィーユ先輩の首輪をつかんでる。

「だってミルフィーユ先輩、あんたたちのピンチだと思って超ガルったからさ」

ユイユイ先輩が答えると、マナティ先輩もつけ足す。

「目の前でミナミが八《や》つ裂《ざ》きになったら、さすがに後味悪いし」

「その必要なかったみたいだけど！」

しおりん先輩が言いながら、イライザ先輩に目をやって、ユイユイ先輩がミルフィーユ先輩を解放して同意した。

「ね！　ミルフィーユ先輩より先に、イライザ先輩がかみついたからー」

三バカ先輩たちの発言とニマニマに、イライザ先輩は黙ってすっごいイヤな顔してみせて、何も言わないで玄関に入っていく。

「あー！　イライザ先輩、ありがとうございました！」

あわてて、わたしが言って、侑名と恭緒も口々にお礼を言ったけど、イライザ先輩は全然振り返らないでスリッパに履《は》きかえて行ってしまった。

玄関前で言い合った時のわたしの声は、ミナミ先輩の声とはるぐらい、大きかったらしい。寮監先生はちょうど買い物に出かけていて、副寮監先生は気づかないふりをしてくれたっぽいけど、部屋に戻るとすぐ、ドアがノックされた。

芳野先輩だった。

「す、すいませんおさわがせしました！　あの、さっきの騒ぎはですね！」

わたしが土下座する勢いで言うと、芳野先輩は苦笑いした。

「だいたいのやりとりは聞こえたよ」

「……ですよねー」

「イライザが割って入ったんだって？　めずらしいね」

芳野先輩の出した名前に、中腰で固まってた恭緒がちょっと笑顔になった。

侑名が差し出した座布団に座った芳野先輩もにっこりして、わたしは正座したまま両膝《りょうひざ》をギュッてつかむ。

「恵那や盟子に聞いた感じだと、だいぶ西村さんに、なんていうか……親身になってあげてるらしいね」

わたしは恭緒と顔を見合わせた。

「西村さんと実際に会ってみたら、なにか思うところあった？」

「はい。あ、あ！　いえ……えーっと、あったんですけどでも！　でもそれはお庭番とは関係ないっていうか、あったんですけど、超個人的なアレで……っていうか、あのー」

超しどろもどろってると、

「すいません、ユリア先輩と話したこと、全部は話せないんです」

侑名が先回りして、すまなそうに、でもきっぱり言っちゃったので、わたしもあわてて言う。

「すごく内緒とかではないんですけど！　そんなに話の筋が変わるかっていうと、そうでもない話なんですけど！」

ずっと黙ってた恭緒も、一瞬口ごもってから、

「あの……、ユリア先輩が、他の人に話して欲《ほ》しくなさそうだったから、なんとなく内緒にしてる部分があって、すいません」

って、必死な顔でつけたした。

芳野先輩は穏《おだ》やかに笑った。

「なんとなく、そんなようなことかなと思った。アスの態度がおかしかったから」

ガーン……。

やっぱ、足がつく時は、わたしからか。

わたしに女優は無理みたい。

「じゃあ、さっきも、わたしたちが出ていかなくて正解だったか。まあ、さっきはイライザがちょうど帰ってきて、どっちにしても出番はなかったけど」

「ほんとすいません！」

わたしがもう一度両膝をにぎりしめて言うと、芳野先輩はすごいやさしく笑った。

「アスはアスとして、色々考えて市川くんやミナミくんに怒ったんだよね。それなら、わたしたちがどうこう言うことではないよ」

侑名が首をかしげて芳野先輩を見つめて、ゆっくり言った。

「わたしもアスが市川先輩に意見したこと、悪いと思ってないです。はっきり言ったほうがいい時ってあるし。むしろ本物のオフ子先輩が出てってもいいくらい」

恭緒が膝立ちで、芳野先輩に近づく。

「あの、わたしも！　わたしに勇気があったら、アスが言ったのと同じこと言いたかったです」

恭緒の言い方があんまり一生懸命《いっしょうけんめい》だったから、なんか急に泣きたくなってきた。

泣かないけど。

「電気消すよー」

恭緒が言って部屋が暗くなった時には、わたしは疲れて、もうベッドに横になってた。

今夜は食堂やお風呂や廊下や階段、どこに行っても、寮中に響《ひび》いたミナミ先輩との怒鳴《どな》り合いのことで、みんなが話しかけてきた。

その時間に居合わせなかった一年のメンバーも噂を聞いて、色々ちゃかしたり慰めたりフォローしてくれたりした。

一年の子たちは、やっぱ、自分がお庭番を逃れられたっていうのがあるから、こうなったりしたら、気を使ってくれるよね。

「ミナミ先輩って、前からウザキャラだと思ってた！　マジちょっと顔かわいいからって、調子に乗ってさ！」

「はあ？　杏奈って趣味おかしいわ。あの人かわいいとか思ったことねえし。つうかアスもっと言い返してやればよかったのに。女だとか下級生と思って上から言ってくるの超ムカつくし」

って言ったのは杏奈と珠理で、そのあと二人は勝手にお互《たが》いの美的感覚について大ゲンカしだした。もうわたし関係ないし。

「わたしらも三階から見てたけど災難だったね。でも女子寮に乗り込んできた時点で、男子の先輩に勝ち目ないなと思ってた」

は、田丸評。

「あのうるさい人がイライザ先輩に屈服《くっぷく》した時の顔、見たかったわ」

って、ワダサク……。

屈服……。屈服？

みんないろいろ好き放題言っても結局、わたしの味方をしてくれた。

だけど真に受けちゃいけない。こういう時、女子は女子の味方する。

よく内容を知らなくても。

わたしが人のことにしゃしゃって、なんていうの？　土足で？　踏《ふ》み込《こ》んだかもしれなくても。

「あー、なんかもうやんなった！　もーわたしのあだ名、『土足』でいいから！　土足って呼んで！」

暗い部屋の天井に向かって、わたしがヤケになって叫ぶと、それぞれのベッドから、

「なにそれ……」

「呼びたくねー、土足」

って恭緒と侑名がつぶやいた。

「侑名、あれから数納からLINEとか来てない？」

「数納？　ID知らないもん」

「そですか」

ああもう、ほんとやだ。

こんなに気持ちがヘンになるのとか、わたしが弱いのかな。

たしかに言い合うのとか慣れてない。

だって今まで平和に生きてきたし。

うちの部屋、無風地帯だし。

無風地帯に生きる人間には、ちょっとの風も嵐に感じるの？

つい、声に出してつぶやく。

「やっぱりふだんが平和だとさー。こういうのこたえるよ」

「え……そうなのかな？」

恭緒の戸惑《とまど》った声が聞こえて、

「平和なのはいいことじゃん」

侑名が眠い声でゆっくり言った。

しばらく間があってから、恭緒がブツブツ言うのが聞こえた。

「まあ、うちの部屋平和だったかもね。二〇一とか……珠理と杏奈なんて、入学してから百回くらいケンカして、一回も仲直りしてないもんね。それにくらべたらね」

二〇一とくらべるのはアレだけど。

だけど。

お庭番、わたしたち、っていうか、わたしでよかったの？

こんなわたしで。

十月十二日（土）

今日はもう、なんにもしてやんねえ。

朝起きて誓《ちか》った。

考えごとしたくない時にすることは、人によってバラバラ。

恭緒は、とにかく走る。ゆっくりだとものが考えられちゃうから、長く走れるギリギリのスピードで頭の中が呼吸の音だけになるまで走り続けると、その間はなんでも忘れられるんだって。

でもグラウンド一周走ればへたり込むわたしには、その方法は無理。

侑名は、悩むこと自体がマジなさそうだから今日も、ふっつーに楽しそうにしてる。

わたしはとりあえず、自分のしたり言ったりしたことが脳内で再生されないように、侑名に借りたiPadで超難易度高いレベルになってるパズルゲームをやり続けることにした。


ほんとに一日なんにもしなかったくせに、だらけすぎてお風呂入るのが入浴時間ギリギリになってしまった。

土日は、みんな夜テレビが見たくて早めに入るから、遅い時間の浴場はほとんど貸切《かしきり》状態だった。

付き合ってくれた侑名と恭緒と一緒に、八時になる寸前に浴場のある別棟《べつむね》を出ると、夜の風がほっぺたに気持ちいい。

なんか今日初めて、さわやかな気分になったかも。

と胸を張りかけた瞬間、

「お庭番さん」

急に呼び止められて、わたしは振り向いた。

振り返っちゃった。

だって、『さん』なんかつけるし。

一瞬待ちぶせ？　と思ったけど、市川先輩の手には、コーラのペットボトルが握《にぎ》られてる。

なんだ、自販機帰りか。

偶然か。

でも、偶然だとしたって、話しかけてくるなんて。

だって、市川先輩だし。

相手わたしだし。

市川先輩はわたしたちのところまで歩いてきたけど、無言でコーラを持《も》ち替《か》えて、下を向いた。

侑名がわたしをチラッと見てきたけど、わたしだってどうしていいかわかんない。

恭緒もお風呂上がりだからか、いつもみたいにすぐに防御《ぼうぎょ》モードにならずに、ぼへっと先輩の顔を見てる。

かわりに部外者の接近を察知した頼もしい我らがミルフィーユ先輩が、暗がりから狼《おおかみ》みたいに姿を現した。

さすがにいきなりは襲《おそ》い掛《か》からずにジャージのにおいをかいだミルフィーユ先輩の頭を、市川先輩が、しゃがんでなでながら小さい声で言った。

「あいつらが、ごめん」

「っていうか、オレが、ごめん」

……あやまられた。

わたしたちは何も言わなくて、ミルフィーユ先輩がなでられながら、判断を仰ぐみたいに上目使いで侑名を見た。

視線を落としたまま、市川先輩が続ける。

「もとはと言えばオレが悪かったんだと思う。なんていうか、逃げたから」

……シーン。

どうしよ、恭緒も侑名も何も言わないし、ええと、

「愛されてますね」

わたしの言葉に、市川先輩のミルフィーユ先輩をなでる手がピタッて止まって立ち上がった。

「…………」

「あ、ちが、えっと、ミナミ先輩や数納にってことですよ」

「……あいつらは、オレがダメなやつだってこと、知ってるから。ていうか、女子寮の人も知ってるか、もう」

「うーん、そんなに知らないですよ。市川先輩はまだ、わたしたちにとって、謎の人のままです」

侑名が無邪気にストレートに答えると、市川先輩の口が少し、にっこりした。

「そっか、よかった」

どういう意味？　それ。

棒立ちの四人の真ん中で、ミルフィーユ先輩のしっぽだけがファッサファッサ揺《ゆ》れる。

「オレは、ちょっと、人からどう見られるかばっかり気にしてたのかもしれなくて」

……。

全員なんとなく、下を向いてしっぽの揺《ゆ》れを見つめる。

「ほんとに、関係ないのに、やな思いさせて、ごめん」

唐突にまた市川先輩があやまった。

「関係ありますよ、もう」

しっぽから視線を上げずに、侑名が言い切る。

わたしはノドがつまったみたいになって、何も返せない。

またシーンとなった。

市川先輩はミルフィーユ先輩をもう一回なでた。

「ちゃんと断るから、自分で」

静かに宣言して、先輩は男子寮に向かって去って行った。

「風呂帰りの女に話しかけるかね」

市川先輩の背中が男子寮の中に消えるのを確認して、わたしが小さい声で言うと、ずっと無言で固まってた恭緒が深く息を吐いてからつぶやいた。

「あの人、女子とはあんまり話せないのかと思ってた」

「わたしら女にカウントされてないんじゃない？」

侑名が髪からたれてきた水分をしぼってコンクリートに落としながら、超あっさり言う。

「……あやまられちゃった」

わたしが言うと、侑名が「ね」って短く答えて、ミルフィーユ先輩の背中に手を置いて、

「ミルフィーユ先輩、市川先輩にガルんなかったね」

って言った。

恭緒もミルフィーユ先輩の鼻の上をちょっとさわってつぶやく。

「いい人そうだったね、市川先輩」

……。

侑名が男子寮のほうをもう一回見て、肩をすくめた。

「ね、なかなか、あやまれないよね、三コも下の女に」

部屋に戻ったら、恭緒が急に超ズーンとしだした。

「市川先輩、……ちゃんと断るって、ユリア先輩、今度学校来た日とかにもうフラれちゃうんだよね」

「恭緒マジ落ち込まないで。つうか……つうか、ユリア先輩の恋にとどめをさしたの、わたしじゃね？」

わたしはなぐさめようとして、途中で気づいて頭を抱えた。

「それは、たぶん違うよ、気にしないほうがいいって、アス」

「じゃあ恭緒も気にするのやめなよ」

「だね」

「だよ」

二人とも気にしないの無理だってわかってるし、ドライな侑名がそばで目を回してみせてるけど、傷のなめ合いがやめられない。

明るい部屋の中に帰ってきたら、ついさっきの市川先輩との時間がウソみたいに思えてくるけど、胸がまだザワザワザワザワしてるから、これは現実。

連休明け（？）にユリア先輩がきっぱりフラれちゃうのも超現実。

「だー！　つうかせっかくの三連休の一日目、現実逃避《とうひ》しかしなかったしー！」

わたしはひっくり返って壁のカレンダーを見上げた。

うちの部屋のカレンダーは侑名の趣味で、プロレスのやつ。超肉色で筋肉が目にキビしい。そして外国製だから祝日がわからなくて不便だったらない。

「明日とか日曜だし、気晴らしに、どっか行きたいなー」

畳に寝転んだまま言ってみると、

「買い物とか？」

侑名が頬杖ついてスマホを見たまま答えて、恭緒が手を上げて申し訳なさそうな声を出した。

「あ、ごめん、わたし明日、区の秋季大会」

「大会ー？」

「なんで言ってくんないの！」

侑名とわたしの大声に、恭緒がビクッとなる。

あー、もう！　クラスで仲いい子にも寮にも、恭緒のほかに陸上部の子いないから、部活のそういうのって全然気づかない。恭緒はいくら練習キツくても、帰ってきてグチるタイプじゃないし。

飛び起きてにじり寄ったわたしの勢いに、恭緒が微妙に引いて答える。

「言ったらアスどうすんの？」

「そりゃあもう、恭緒の勝利のために、おまじないとか色々あんじゃん！　お百度参り？　とかさ。ね、侑名！」

「アスって意外に信心深いよね」

侑名もちょっと引いた言い方して、恭緒が笑い出した。

「まあ、でも、ありがと。気持ちだけもらっとく」

え、やだ今の言い方、ちょっとかっこよかった。

恭緒って二、三年したら、ほんとに紺ちゃん先輩みたいになれるかも。

わたしが黙って見とれてると、恭緒が真面目な顔になる。

「アス、やっぱまだ気にしてんの？」

「なんで」

「だって、いつもよりおとなしい」

「そんなことないし」

「そう？」

「ヘコんでんの恭緒じゃん」

「えー……」

「ね、侑名」

「まあ、どっちかって言ったら、そう見えるね」

侑名の冷静な答えに、恭緒が男子寮の方角に目をやって、つぶやいた。

「……なんか、でも、……責められるよりあやまられるほうがキツいね」


さっきは気にしてないふうにしたけど、消灯で部屋が暗くなると、どうしてもさっきの夜の暗さの中で、市川先輩のした顔が浮かんでくる。

なんか……。

市川先輩は、自分についての噂とかネットで読んじゃったのかも、なんとなく。

超なんとなくだけど。

そういうの見なそうな人だけど、クラスの誰かが教えてくれたとか、おせっかいな人はどこにでもいる。わたしみたいなよけいなこと言うやつが。

……わたしの正義感みたいなものは、まちがってたのかも。

ていうか考えたらバカの正義感とか、超迷惑でしょ。

結局、ユリア先輩も市川先輩も悪くなかったのに、まわりが、わたしが、悪いみたいにした。

さっき、わたしもあやまるべきだったのかな。

だって市川先輩がわたしと話してくれることはもう、きっと一生ない。

さっきが、最後のチャンスだったんだ。

十月十三日（日）

秋季大会に出発する恭緒を見送った侑名とわたしが寮の前でブラブラしてると、男子寮から若旅先輩が校門のほうに歩いて行くのが見えた。

あわてて侑名を引っぱって、木の陰《かげ》に隠れる。

侑名はそこまでするかって顔してきたけど、若旅先輩の姿が体育館の向こうに消えるまで、一応おとなしくしててくれた。

こんなコソコソしてんのカッコ悪いけど、なんか当分、男とか会いたくないわ。

「あんたたち、こんなとこでなにやってんの？」

「ぎゃっ！」

急に背後から声をかけられて、わたしは思いっきり木の幹に頭突《ずつ》きした。

「あ、ウキ先輩。どうもー」

涙目《なみだめ》でデコを押さえるわたしを気にせず、侑名が挨拶する。

わたしも、必死に動揺を押《お》し殺《ころ》して言う。

「えっ！　いやいや先輩こそここでなにを、あ！　あー、晴天祈願《きがん》ですか？」

花壇のわきにしゃがんで、超けげんな顔をしてるウキ先輩が手に持ってる、たべっ子どうぶつの箱が目に入ったから。

女子寮ではテレビやネットの天気予報より、アリの巣天気予報が一番信用できるってされてる。

アリが巣穴のまわりにツブツブに土を盛ってたらもうすぐ雨が降るでしょ、そういうの。

去年までは、足にボルトを入れてる先輩の百発百中の古傷天気予報がナンバーワン天気予報だったんだって。

けど、もうその先輩は卒業しちゃったから、みんな何かあるとしょっちゅう花壇のアリの巣をのぞいてる。

で、それがエスカレート?して、晴れてほしい時、てるてる坊主《ぼうず》つるすかわりに、前日アリにエサをやるようになった。あ、エサじゃないや、『お供え』ね。

そういえば、朝見た天気予報、明日は一応くもりだけど、一時雨？　降水確率が微妙だったたっけ？　今日の恭緒の大会が過ぎたあとのことだから、そんな真剣に見てなかったけど。

ウキ先輩がライオンの形のビスケットをくだいてアリの巣のそばに落とした。

「もったいないすか？　アリにあげるならスティックシュガーとかでいい気がー」

わたしが言うと、

「たべっ子どうぶつ、わたしもちょっと食べたいなー」

侑名が普通にずうずうしくねだって、箱ごと差し出してもらって、

「わーい、ありがとうございます!」

って喜んでる。

ウキ先輩は、わたしにも勧《すす》めてくれながら、

「柄《がら》にもなく願掛《がんか》けっていうかだからさ、そこはケチっちゃだめだろ。ここから離れたとこの天気だから、アリのパワーも届かないかもだけど、ま、ほんと気休めだし」

「え、どこの天気ですか? そしてゴチです!」

「明日、妹が地元でダンスするからさ、よくわかんないけど、路上ライブ? 公園も路上っていうのかな。まあ、出るのはみんな素人《しろうと》なんだけど。ダンススクールのグループで出るんだって」

ダンスとか路上ライブとか、ウキ先輩の口から聞くとは思わなかった単語だ。

きっちりそろえたショートボブをいつも耳にかけてて、紺の服ばっかり着てるウキ先輩が、体育の授業以外でダンスするとこなんて想像できない。

妹さんはウキ先輩とはずいぶんキャラ違うんですね、とは面と向かって言えないけど。

「妹さんって、ウキ先輩とタイプ違うんですね」

って、侑名! おいおい、さらっと言っちゃったよ、この人。

わたしはビビって侑名をつついたけど、

「雨降んないように祈願してあげるとか、おねえちゃんやさしいー」

ビスケットで片方のほっぺたをボコらせて、のん気に続けて言って、ウキ先輩も、まんざらでもない顔で、

「一緒に住んでないけど、練習頑張ってんのは知ってるからさ」

って答えて、ちょっと笑った。

侑名はほんと、誰に何言っても奇跡的にムカつかれない。

マジで悪気がないせいだろうけど、それでも……すごいと思う。

アリがビスケットのかけらに群がり始めたから、侑名とわたしも、足元に気をつけながら、ウキ先輩の隣にしゃがんだ。

アリたちは空から降ってきたごちそうに、早送りみたいなスピードで集まってくる。

必死で走り回ってるの見てたら、なんかなごむんですけど。

小さい生き物がものを食べてるとこ見ると、おだやかな気持ちになるのはなんでだろ。

あ、でも、アリは食べてるんじゃなくて、運んでるだけ？

それともあとで吐き出すけど、ちょっとはつまみ食いで味わってる？

とか考えてアリの口元に集中してると、ウキ先輩がつぶやいた。

「だって妹はまあ、特別じゃん。あ、アスって一人っ子か」

「ですねー。でも欲しかったです。妹とかいたら退屈《たいくつ》しないのになーって、あとおにいちゃんも憧れたかな。今はそうでもないですけど。侑名は兄弟多いよね」

「そうなんだ？　意外」

ウキ先輩がアリから視線を上げて、侑名を見て目を大きくした。

「おねえちゃん二人とおにいちゃんと妹です。五人兄弟」

「多すぎ」

ウキ先輩は短く言って、またちょっと笑った。

恭緒が一人っ子なのは、言わなくても寮のみんながなんとなく知ってる。家庭の事情と一緒に。

「恭緒、今日陸上の大会なんですよー。今回はもう遅いけど、これからは大会の前とかには、わたしらもアリにお供えしてあげよっと」

わたしが恭緒のことを思い出して言うと、ウキ先輩はふだんから真面目な顔を、もっと引き締《ひし》めて、低い声でしゃべりだした。

「妹とかさ、あと、たとえば、恵那のためなら、わたしだって動くし。自分の好きな人のためならさ」

続けて、つぶやく。

「だから恵那とかあんたたちとか、すごいと思う」

……。

……。

「え、今話変わりました？」

「変えた」

わたしの動揺に短く答えたウキ先輩は、侑名とわたしをゆっくり見くらべてから言った。

「あんたたち、やっぱお庭番向いてるよ」

……。

「とか言って、わたしさっそく、しくじってますけど」

わたしが言うと、侑名がちょっとウケて口を押さえた。

ウキ先輩は、少し後ろに下がって花壇のブロックに腰かけて頬杖をついた。

「わたし、ユリアのこと、ちょっと軽蔑してたんだよね」

それはモロ感じてました、とは言えないから、あいまいに笑って首をかしげてみせる。

「あんたたちだから言うけど。恵那には言わないで」

うーん、絶対バレてると思うけどなー。

一応横を見たけど、さすがに侑名も今はいつもの正直発言しなかった。

「今回さー、トラベラーまで協力してあげてるじゃん。学年が同じだけの仲良くもないやつの色《いろ》恋沙汰《こいざた》に」

ウキ先輩はキリンの形のビスケットを一口かじって顔をしかめた。

「ああいう話題って苦手」

まあ、そうだろうな。

「とにかくああいう女っぽいのって苦手でさ、寮だって、恵那と同室だからなんとかやってけるけど、ほんとはわたし、女の集団とか大っ嫌い」

……なんかウキ先輩みたいな人が寮に入ってるの面白いなって思いながら、愛想笑いしてみせる。

「恵那って、超いいやつじゃん？　だから恵那はわかるよ。でもトラベラーは、わたしと似たようなもんだと思ってたのに」

ため息をついて、ウキ先輩は空を見上げた。

「わたしのほうが性格悪かったかー」

うーん、なんてコメントしていいのかわかんない。

侑名が無邪気に声出して笑った。

つられてウキ先輩も苦笑いになる。

「まあ、自分で言うのもなんだけど、人には向き不向きってもんがあるし」

半分笑った声で言って、ウキ先輩は石碑のほうを見た。

「人のことに一生懸命になれるって、才能だよ」

才能……。

ウキ先輩は、まだ続々と集まってくるアリを踏まないようにブロックの上に立ち上がって、汚《よご》れてもないジーンズのお尻《しり》をはらった。

「今回は出る幕なかったけど、もっとべつの時には、わたしもお庭番手伝うから」

しゃがんでるわたしたちを見下ろして、ウキ先輩は言った。

「そういうの一回くらい手伝いたいから、卒業までには」

ていうか四年生って、もう卒業とか視野に入れちゃうんだ?

なんかそれって、さびしい。

十月十四日（月）体育の日
目が覚めてすぐ、窓を開けてみた。
まだ寝てる恭緒と侑名が起きないように、そーっと。

くもり。

ウキ先輩のお供えのせいか、水分のない、くもり空。なんなら、超うっすら、太陽見えてるかも。

よかったね、ウキ先輩とウキ先輩の妹さん。


「ねえねえ、銀色ってもうこの短い一本だけ？」

侑名がクッキーの四角い缶《かん》にいっぱいの色鉛筆《いろえんぴつ》をかき混ぜながら言った。

世間は体育の日だっつーのに、わたしたちは談話室に集まって、これ以上ないってくらいインドアに、ぬりえ中。

メンバーはわたしたち一〇一号室の三人と、真央《まお》と翼《つばさ》。

今、女子寮では、ぬりえが流行中。

寮では、階ごとの流行っていうのが結構あって、最近だと、一階では「絵しりとり」とか流行《はや》ってた。

「あ、ありがと翼」

翼にもう少しだけ長い銀の色鉛筆を探してもらって、侑名は張り切って一番外側の模様を塗《ぬ》り始めた。

真央や翼のいる三階は、なにげに流行発信階なんだよね。

ぬりえも最初は三階から流行り出した。

で、ぬりえブームが寮全体に広まった今は、三階のメンバーは、もう、ぬりえを塗るだけじゃなくて、ぬりえを描くほうにまでブームが進化してる。

わたしが今塗ってるのも、翼が描いたやつ。

動物や植物とかの絵じゃなくて、コンパスや定規を駆使《くし》してステンドグラスみたいな複雑な模様が描かれてて、ちょっとパズル的な感じもあって、塗ってると無心になれる、これ。

翼は理系が得意で、こういう細かいのすごい上手。

機械が描いたみたい、って思いながら、わたしは自分が塗ってる模様から少し顔を離して眺めた。

いまのとこ、なかなかいいバランスに塗れてる。

共用の色鉛筆入れがあるのが一階の談話室だけなせいで翼と真央が談話室に来てテーブルにぬりえを広げてるのを見かけて、ヒマをもてあましたわたしたちが参加したってわけだけど、こういう地味な体育の日も悪くない、かも。

「あ、わたしちょっと水飲んでくんね！　体の渇《かわ》きは心の渇きにつながるからな！」

真央がわけわかんないこと言いながら、部屋から飛び出していった。

真央ってじっとしてられない性格だから、一ヵ所塗るたびに、なんか言ってバカ笑いしたり、ソファーの上を飛び回ったりしてて、超うるさい。

侑名が色鉛筆を削りながら、翼に聞いた。

「あれなにを封印《ふういん》してんの？」

真央のデコに貼ってあった「封印中」って書いてある絆創膏《ばんそうこう》のことだ。

本人に聞くと面倒なことになりそうな予感ムンムンで、真央がいる時には誰も触れなかった。

「第三の目、サードアイ」

翼は定規から目を離さずに、そっけなく答えた。

「なにそれ」

怖いの好きな恭緒が、集中して塗ってた自分のぬりえから顔を上げて目を丸くして聞くと、翼は表情を変えないで言う。

「中二病ごっこだって」

「……なにそれ」

恭緒が同じセリフをテンション低くもう一回言って、侑名が、

「そのブームも一階まで降りてくるかなー？」

って笑い声で言うと、翼は黙って肩をすくめた。

侑名も恭緒も、すごい普通に翼と話すなー。

ほんと話しかけ方が自然なんだよね。

わたしは、翼と話す時、ちょっと不自然になる。なってると思う。

翼とか、あと、涼花みたいな、あんまり自分からしゃべんない子相手だと、ちょっと気を使うっていうか、話しかけたほうがいいかなって意識してムリヤリ話題作って話しかけてみたりして、それで、しらーっとなっちゃったりして、それってどうなのって、自己満足じゃんって自分の中で反省したりするけど。

侑名は話したい時に話したいことを口にするだけなんだよね。

で、恭緒はムダ口をきかない。

恭緒が自分で塗ったぬりえを翼に見せて、二人でにっこりしあうのを眺めながら、わたしは色鉛筆を持ち直した。

恭緒の昨日の大会の結果は二位だった。それってすごいじゃんって思うけど、本人は残念って言ってたから、一位になれるかもしれなかったってことで、やっぱすごいじゃん。

みんな、なんかいいとこがある。

……わたしって、なんにもないなっていうか、ループだけどマジでお庭番も向いてないかも。

そういえば、もともとやらかすタイプだったじゃん。

前から、とっさに、体が動いたり言葉が出ちゃう時がある、あった。

そんなの、自分でよくわかってたのに。

たとえば、もし体育館でドミノのセッティングとかしてたら、絶対、中には入んないって決めてたじゃん、想像だけど。

やらかしちゃうから。

そういうタイプ。

知ってましたー。

自分が失敗するだけなら、恥《はじ》かくだけならしょうがないけど、でも。

……そういえば、三バカ先輩たちはすっごい無神経なようで、人を傷つけるようなことは言わないよな。

『あんたたち、やっぱお庭番向いてるよ』

ウキ先輩に昨日言われた言葉が浮かんでくる。

ぜーんぜんそんなことないです。

でも、今更《いまさら》やめるとかナシじゃん？　無理じゃん？

いつのまにか強く握ってた色鉛筆の芯《しん》がポキッて折れた時、廊下から声が聞こえた。

「ちょっと、お庭番、一〇一の三人、いるー？」

恵那先輩だ。

「三人とも談話室にいましたよー」

真央の大声も聞こえてきて、わたしたちは顔を見合わせて、開けっ放しのドアから声のした玄関に向かった。

「はい、いまーす！」

わたしが叫んで廊下の角を曲がろうとすると、

「何かあったんですか恵那せんぱ」

って言いかけて急停止した恭緒の背中にぶつかった。

恭緒の肩の向こうの、いつも以上に眉毛《まゆげ》を下げて上半身だけこっちに振り返ってる恵那先輩の向こうの、玄関に立ってたのは――、

「こんにちはー」

明るい声で挨拶する、ユリア先輩！

と！

と！　その隣で黙って頭を下げてみせる市川先輩！

え⁉

「！　こここんにちは！」

超声が裏返ったわたしの横で、侑名がのん気な声で、「あれー？」って言って、ユリア先輩がワンピースのギャザー部分をなでながら、照れてみせる。

ユリア先輩、私服もイケてる、って、そうじゃなくて！

ユリア先輩と市川先輩⁉

なにこのツーショット！

わたしが口をパクパクさせてると、ユリア先輩が両手を合わせた。

「休みの日に来ちゃって、ごめんね！　明日でもいいかなとも思ったんだけど、市川くんと相談して、早いほうがいいねって」

そこまで言って、ユリア先輩は市川先輩と顔を見合わせた。

え、なんですかコレ。

隣で固まってた恭緒が、わたしの腕をギューーッてつかんだ。

「あの、お庭番さんや恵那たちには、迷惑かけたし、お世話になったたし、真っ先に報告しなきゃって思って」

……。

わたしは口を開けたまま、恵那先輩を見上げた。

恵那先輩は悟《さと》りを開いたみたいな静かな顔をしていた。

全員の視線が自分に戻ったのを確認して、ユリア先輩が両手を組み合わせて言った。

「ええと、わたしたち、付き合うことになりましたー」

……。

「え？」

わたしの口から勝手に疑問形の声が出る。

「市川くん、付き合ってくれるって」

「え？」

もうそれしか言えないわたしをよそに、

「おめでとうございまーす」

侑名が言って、ペチペチと拍手《はくしゅ》をした。

ユリア先輩の笑顔が、パワーアップする。

「ありがとー！」

「あの、これ、もらって」

一言も発さなかった市川先輩が急に言って、なんだかでっかいビニール袋《ぶくろ》をわたしに押しつけてきた。

とりあえず抱きしめた袋の中をのぞいてみると、ぎっしりの駄菓子《だがし》。

「お礼」

市川先輩に短く付け足されて、困ったわたしが恵那先輩を見ると、

「もらっとこ」

って、恵那先輩も力のない声で短く言った。

「あ、なにその二人！　結局カップル成立なわけー？　なーんだそれ！　ったく人騒《ひとさわ》がせな。かわいそうに新人のお庭番まで駆り出されてさあ」

背後からデリカシーのない大声がして振り返ると、洗濯物《せんたくもの》のカゴを持ったオフ子先輩だった。

まったくこういうタイミングで、こういう人が通りかかるとか！

オフ子先輩が続けて何か言わないように、わたしは駄菓子の袋を広げてみせた。

「あ、こんなにもらっちゃいました」

「駄菓子ごときにつられんなよ」

オフ子先輩がさらに遠慮なく言うから、わたしは慌《あわ》てて振り返ったけど、市川先輩は逆にちょっと唇の端を上げた感じにして、ユリア先輩も笑顔でまた両手を合わせる。

「今度わたし、お詫《わ》びとお礼にチーズケーキ作ってくるね」

恵那先輩が腕組みしてつぶやく。

「あー、ユリアお菓子作《かしつく》り得意だもんね」

「……やったー、チーズケーキ大好きー……」

やっとふだんの太鼓《たいこ》持ちキャラを思い出したわたしも、声をしぼりだす。

ユリア先輩が超ニコニコしてかわいく首をかしげる。

「女子寮って、何人だっけ?」

「んー、今は六十五人プラス先生二人、です」

侑名が指を折って答えた。

レイコ先輩は幽霊《ゆうれい》だからケーキ食べないし、ミルフィーユ先輩も人間のお菓子は食べないほうがいい。

「つーか詫び菓子なら、男子寮にこそ作ってってやんなよ」

また直球のオフ子先輩は、そう言うだけ言って洗濯しにさっさと行ってしまったけど、その背中に、

「あ、ね！　ほんと、男子寮にも持ってく！」

ユリア先輩は全然気にしないで、キラキラして声をかけた。

……。

オフ子先輩が去ると、玄関はシーンとなった。

シーンとした中で、よりによって、わたしは市川先輩と目が合った。

「あ、えー、あのー、すごいおめでとうなんですけど、ちょっと今パニくってて、なんて言っていいのかわかんなくて、あのー」

わたしが動揺をそのまま垂れ流すのを、市川先輩が真面目な顔でさえぎった。

「あの時、教えてくれた十円拾った話……」

「先輩！　だからそれ！　聞かなかったことにしてって！　っていうか、ユリア先輩の前で、バラしたことバラさないで！」

わたしが超テンパってジタバタすると、ユリア先輩に抱きつかれた。

「もう市川くんから聞いたから平気、っていうか、ありがとう、ほんと、アスちゃんのおかげ」

「え？」

一段高いとこに立ってるわたしは、ユリア先輩と背が同じくらいになってて、抱きしめられると顔が近くてあせる。

サンドされた駄菓子がつぶれないように、あわてて身をよじると、市川先輩が、まっすぐわたしを見てしゃべり出した。

「その、十円の、きっかけの話を聞かされて、あとで考えて……、そんなんでいいんだって思った」

「…………」

「その程度でいいなら、一緒にいてみてもいいかなって。過剰《かじょう》な期待されてたら怖いと思ってたけど、その程度のことなら、たぶんまた、できるから」

……。

……マジですか。

「なんか青春っぽいとこ悪いんだけど、玄関の中で寮生以外の生徒とあんまり長くおしゃべりするのは控《ひか》えてください」

突然、管理室のドアが開いて、顔をのぞかせた副寮監先生が冷静に注意する。

全部聞こえてたっぽいぞ。

市川先輩はあわてて両手を上げて、靴脱《ぬ》ぎ場からは上がってませんのポーズで一歩後ずさってみせた。

「あ、お騒がせしました。もう帰ります」

ユリア先輩もあわてて、わたしから離れてずり落ちたバッグを持ち直す。

副寮監先生はうなずいてドアを閉めたけど、微妙な空気の中、ユリア先輩と市川先輩はあたふたと挨拶して出ていった。

残されたわたしたちは、分厚いガラスのドアごしに、帰っていく二人の後ろ姿を見送った。

手もつないでないし、おしゃべりしてるようにも見えなかったけど、どう見ても、もう恋人《こいびと》同士のって感じの並び方じゃん。

……疲れた。

ため息をついて振り返ると、案の定壁に縦に三つの顔が並んでる。

「三バカは、まーたのぞいてるし。めざといね」

恵那先輩があきれた声で言うと、先輩たちはテンション高く飛び出してきてまくしたてた。

「女子寮への謝罪を第一回カップルイベントにするとか、やってくれますなあ」

「ま、解決だね」

「これにて一件落着ー」

「おつかれおつかれおつかれちゃん！」

「ていうかウケるー！　なんなの？　この急展開！」

「わたし四年の先輩とかに報告してきまっす！」

ユイユイ先輩が言いながら敬礼して、階段をかけ上がっていった。

……なんか。

明るい。

みんな明るすぎる。

「これ、もらったのー？　うっわ、駄菓子たくさん！　みせてみせてみせて！」

マナティ先輩が、ビニール袋をのぞきこむ。

「談話室で開けようぜー！」

しおりん先輩がガッツポーズでさけんで、わたしたちは談話室に引っぱられていった。

談話室のテーブルに、駄菓子をぶちまけると、真央がピョンピョンはねながら叫んだ。

「えーなにこれ、すごーい！　お庭番がお礼でもらったの？　やったじゃん！」

みんなで駄菓子をかきまぜる。

ミックス餅《もち》・ヨーグル・コーラシガレット・ココアシガレット・ウメトラ兄弟・餅太郎《もちたろう》・どんどん焼・ラーメン屋さん太郎・タラタラしてんじゃねーよ・ポテトフライのいろんな味・パチパチパニック・うまい棒各種・クッピーラムネ・フエガム・ミニチュッパチャプス・ミニわたがし・あんずボーとかとか。

「うーん、甘いのとしょっぱいののバランスいいのう」

「市川先輩、センスあるな。ほら、真央も翼も食べな、どれがいい？」

しおりん先輩とマナティ先輩が言って、

「えー？　わたしたちももらっていいんですか？　なんにもしてないのに？」

真央がまだ飛びはねながら喜ぶ。

「報酬《ほうしゅう》は寮生みんなのものだかんね！」

しおりん先輩が言いながら、だまって見てる翼の手にチュッパチャプスを持たせた。翼は棒がついてるアメが好きだから。

「恵那、ユリアの話、マジで？」

ウキ先輩が言いながら入ってきて、ユイユイ先輩に背中を押してこられたトラベラー先輩も、恵那先輩のほうを見た。

「マジでーす」

恵那先輩はソファーに座って静かに、ケースの中でずれたミックス餅を元の位置に戻しながら答えた。

ウキ先輩とトラベラー先輩は無言で顔を見合わせた。

「先輩たちも功労者なんだから、食べましょうよー」

マナティ先輩が陽気に声をかけて、しおりん先輩がソファーにドーンって腰を下ろすと、足を組んでアンニュイに言った。

「つうかこうなると思ってたけどね、わたしは」

「そういうのあとから言うのってズルいわー」

「しおりん、ほんとナシだわー」

すかさずユイユイ先輩とマナティ先輩がケチつけて、うるさくブーイングし始めた。

超さわがしい中で、わたしは黙って机の上のちらばった駄菓子に視線を落とした。

「……市川先輩のことこれから駄菓子の人って呼ぼう」

侑名がうっとりした声で言って、恭緒が、「やめたげて」ってつぶやく。

……はあ。

わたしは顔を上げて、談話室の中を見回した。

三バカ先輩たちの興味はもう、パチパチパニックに移ってて、

「これ寮監先生に食べさせてみよう」

「そんくらいじゃ驚かねえんじゃね？」

「おばあさん扱いしすぎ！」

とかって顔を突《つ》き合《あ》わせて笑い出した。

侑名はヨーグルを食べ始めてるし、恭緒はトラベラー先輩に、「餅太郎とどんどん焼、どっちが好き？」って聞かれて真面目に首をかしげてる。

恵那先輩がきれいに並べたミックス餅を、ウキ先輩が一つつまんで口に入れた。

翼がチュッパチャプスを口にくわえて、ぬりえの続きを描いてる隣で、コーラシガレットを指

にはさんだ真央が、「これワダサクにあげよう」って言って、タラタラしてんじゃねーよをキープしてる。

みんなが駄菓子に集中している。

……明るい。

明るすぎる。

「なんかすっきりしない」

低い声でつぶやくと、部屋の中の全員が、わたしを見た。

「そう？　よかったじゃん」

シンプル思考すぎる侑名が、ケロッと言った。

恭緒は無言だったけど、さっきからずっと微妙に感動してウルウルしてるの、わたし気づいてるし。

なんか……。

この結末にひっかかってるのって、わたしだけなわけ？

「なんかさっきの感じからして、アスがキューピッドらしいじゃん、何が不満よ？」

ユイユイ先輩に聞かれて、わたしは爆発《ばくはつ》した。

「複雑なんです！　そりゃあ、すごく！　すごく！　すごく！　よかったけど！　このすっきりしない気持ちってどうすればいいんですか？　わたしがあんなに悩んだのってなんだったの！でしゃばって悪かったとか、あんなこと言わなきゃよかったとか、やっぱ馬に蹴られ死？　とか、今までの自分を見つめ直したのとか、お庭番に向いてないって超自分を責めたのとか！」

一気にまくしたてると、息が切れてムセた。

仁王立《におうだ》ちでゴホゴホしてるわたしを、みんなが無言で見つめてくる。

「……むこうは感謝してきてんだから、いいんじゃん？」

ウキ先輩が微妙に同情っぽく言ってくれた。

……。

一番予想外な人に気を使われて、頭に上ってた血が急激に下がった。

三バカ先輩たちが肩を組んできながら、口々に言う。

「そうそう結果オーライ！」

「お庭番にカタルシスとか求めんなよ」

「そう！　ルーティンこそが大事なのだよ！」

「そういうもの……？」

力が抜けたわたしに向って、ラムネを口に放《ほう》り込《こ》んだマナティ先輩が、わざとらしくギューーッて目をつぶって言った。

「我《わ》が子に初月給でおごってもらったら、こんな味かな」

「なに言ってんすか」

わたしの冷たい返事も気にせず、しおりん先輩が駄菓子の山をかき混ぜる。

「それで、アスはどれがいいの？」

「わたし知ってる、あんずボーが好きなんだよね」

ユイユイ先輩になぜか当てられる。

「あんた渋《しぶ》いねー」

しおりん先輩に笑われて、

「はい、どうぞー」

マナティ先輩に、勝手に開けたあんずボーを口につっこまれる。

……すっぱいけど、おいしい。

もうほんと脱力《だつりょく》したわたしは、あんずボーをくわえたままソファーにへたり込んで、トラベラー先輩がヨーグルを手に取るのをながめた。

「トラベラー、もっと高いの取りなよ。あんただって手伝ったんだから」

ウキ先輩が言ったけど、トラベラー先輩は肩をすくめて、

「これが好きなんだよ。あ、当たり」

って言って、ヨーグルのフタを目の高さまで持ち上げた。
「初めて当たった」
トラベラー先輩がつぶやいて見つめてるフタを、ウキ先輩がのぞきこむ。
この二人って、こんなに仲良かったっけ？
トラベラー先輩は、フタを持った手を、恵那先輩に向かって伸ばした。
「なんか幸先《さいさき》いい感じだから、これユリアにあげといて」
恵那先輩は渡された当たりのフタに目を落として、静かににっこりした。
……。
そっか。
まあ、うん。
いいか。
当たりが出たなら、良しとしよう。

有沢佳映・ありさわかえ

1974年生まれ。昭和女子大学短期大学部卒業。群馬県在住。『アナザー修学旅行』で第50回講談社児童文学新人賞を受賞。『かさねちゃんにきいてみな』で第24回椋鳩十児童文学賞、第47回日本児童文学者協会新人賞を受賞。

お庭番《にわばん》デイズ　逢沢学園女子寮日記《あいざわがくえんじょしりょうにっき》　上《じょう》

2020年7月14日　第1刷発行

著者――――――有沢佳映《ありさわかえ》
装丁――――――岡本歌織（next door design）
装画――――――Yunosuke
発行者―――――渡瀬昌彦
発行所―――――株式会社講談社
〒112-8001
東京都文京区音羽2-12-21
電話　編集　03-5395-3535
　　　販売　03-5395-3625
　　　業務　03-5395-3615
印刷所―――――株式会社新藤慶昌堂
製本所―――――株式会社若林製本工場
本文データ制作――講談社デジタル製作


N.D.C. 913　303p　20cm　ISBN978-4-06-519700-4
JASRAC　出　2003857-001